十帖 Jyujo
ill. さらちよみ
捨てられ無能王女なのに
冷酷皇帝が別れてくれません！
～役立たずなので離婚を所望したはずが、
気付けば溺愛が始まっていました～

CHARACTERS
「愛おしいという気持ちは初めてだ」
「私では陛下を幸せにできないです…！」
カイゼル
アレンディア帝国の皇帝
莫大な魔力で大国を率いる。
フィリア
ヴィルヘイム王国の第一王女
政略結婚でカイゼルに嫁ぐ。

「あ～本当に可愛いですよね。フィリア様」
「アレンディアには無能なお姉様が嫁いで？」
「お前は不幸でなくてはならないのよ」
エリアーデ
ヴィルヘイム王国の王太后
夫である先王亡き後、
実質の実権を握る。
レイラ
ヴィルヘイム王国の
第二王女
国で一番神聖力が強い。
キリアン
アレンディア帝国の
魔法特務隊師団長
フィリアの護衛を務める。

「……君の淡い藤色の髪には、白い花がよく似合うな。結婚式で髪飾りにつけていた白いアネモネも似合っていた」

「……！」

結婚式では冷眼を浴びせられた記憶しかない。

あの時そんなことを思っていたのかと知り、
フィリアは耳が熱くなるのを感じた。

捨てられ無能王女なのに冷酷皇帝が別れてくれません！

～役立たずなので離婚を所望したはずが、気付けば溺愛が始まっていました～

十帖 Jyujo

ill. さらちよみ

目次

第一章　貴方とはいられない

一体、世の中でどれくらいの数の人が、結婚初夜に離婚を切りだすことだろう。

「君と別れるつもりは一切ない」

そして一体どれだけの数の人が、真冬の森のように凍てついた声で断られるのだろう。

「離婚は……してくださらないということですか……？」

豪華な正装馬車に揺られながら、震える声でフィリアは問う。

離婚してほしい。意を決して告げた言葉は、たった今、いともたやすく切り捨てられてしまった。繊細なレースがあしらわれたウェディングドレスのスカートを握りしめながら、フィリアは夫となったばかりの相手を見上げる。

紺碧の夜空が窓を隔てて見守る中、鈍い輝きを放つペールブロンド。その長い前髪の隙間から覗く菫色《すみれいろ》の瞳は、冷厳さを孕《はら》んでフィリアを睥睨《へいげい》していた。

皇宮《こうぐう》へ向かう馬車の中、隣に並んでかけているというのに、心の距離がひどく遠い。真っ白な月を覆う分厚い雲よりも、車内の空気の方がずっと重くて息が詰まる。

（――ああ、失敗してしまったわ……）

夫のカイゼルから容赦《ようしゃ》なく発せられる、心臓が縮みあがりそうな怒気《どき》。それに怯えながら、フィリアは言葉選びがよくなかったのだろうかと逡巡《しゅんじゅん》する。

けれど、どうしたって考えは変わらない。だから無謀にも、もう一度同じ言葉を吐きだす。

「お願いします、陛下……。私と離婚してください……！」

それが貴方《あなた》のためなのです。という言葉は、口内に留まった。意図したわけではない。単に続きの言葉を紡《つむ》げなくなったのだ。夫の大きな手に肩を押され、柔らかいソファに引き倒されてしまったから。

反転する視界の中、編み下ろされた藤色の髪を飾る花飾りがはらりと散った。

そして次に眼前に飛びこんだのは、眉間《みけん》にしわを寄せた夫――カイゼルの顔で。

「フィリア、といったな。そんなに俺を怒らせたいのか？」

ああ、もう怒ってらっしゃいますよね、陛下。そんな軽口を叩けたらよかったのに。

険しい表情をしていても、神様が丁寧に線を引いて描いたようなカイゼルの容貌《ようぼう》は美しい。

けれどやっぱり、こちらを睨《にら》む彼の双眸《そうぼう》は寒々しい弦月《げんげつ》のごとく冷たかった。

事《こと》の始まりは、三カ月前に遡《さかのぼ》る。

「嫌よ、絶対に嫌！」

ヴィルヘイム王国の王宮に絶叫が響き渡る。若き王である異母兄《いぼけい》によって謁見《えっけん》の間に呼ばれたフィリアは、異母妹《いぼまい》のレイラが癇癪《かんしゃく》を起こしたように拒否を示すのを、居心地悪く眺めていた。

「野蛮なアレンディア帝国の皇帝に嫁ぐなんて、死んでもごめんだわ！」

意志の強そうなバターブロンドを逆立てて、レイラは怒る。彼女が声を荒らげているのには理由があった。

国民全員が火、土、風、水の四大元素を基本とした魔力を操るアレンディア帝国と、癒しと破魔の効力を持つ神聖力を宿したヴィルヘイム王国。この特異な属性を持つ隣国同士は、大陸の覇権をかけて長年牽制《けんせい》し合い、険悪ながらもギリギリの均衡を保っていた。

しかし最近になって、それを崩したのはヴィルヘイムの方だ。

魔石には魔力が宿っており、加工すればただの人間でも魔法が扱える。魔力を持たぬヴィルヘイムはアレンディアの鉱山で採れる魔石欲しさに領土を侵害し、その土地に住む民を襲撃。けれど計画は失敗に終わって、アレンディアの怒りを買った。倫理に反する行為に国際社会からも非難を浴びたヴィルヘイムの分《ぶ》は悪い。

当然、かの国からの報復をきっかけに、開戦の火蓋《ひぶた》が切られてもおかしくはなかった。が、好戦的で残忍だと噂のアレンディアが選択したのはまさかの和睦《わぼく》で。

「お兄様の弱虫！　アレンディアなんて、これを機に開戦して滅ぼしちゃえばいいじゃない……‼」

レイラの喚《わめ》き声が、謁見の間に反響する。

ヴィルヘイムの王妹《おうまい》を妻に差しだすこと。これが和平協定を結ぶために、アレンディアが提示した条件だった。

気性の荒いレイラは簡単に戦争すればいいと言うけれど、そうなれば街は火の海になる。その時、真っ先に犠牲となるのは国民だ。

（それに、戦争になれば今のヴィルヘイムに味方する国はないわ）

侵略行為によって失墜《しっつい》した各国からの信用を取り戻すためにも、我が国がこの提案を蹴るわけにはいかないとフィリアは理解している。だが……。

宝石がいくつもついたドレスを着た派手な異母妹と、着古されて色の褪《あ》せたドレスを纏《まと》うみすぼらしい自分を、フィリアは透き通った金色の瞳で見比べる。

（この国には王妹が二人いる。十七歳のレイラと……十八歳の私。年齢的にどちらも結婚適齢期となれば、きっと人質に選ばれるのは……）

「レ、レイラ。落ちつけ。まだお前が嫁ぐと決まったわけじゃないんだ」

玉座《ぎょくざ》にかけた異母兄のユーリは、王の威厳などあったものではない。気弱でいかにも頼りなさそうな彼は、気炎を上げているレイラを宥《なだ》める。それでもまだ彼女が興奮し続けていると、玉座の隣に立っていた苛烈《かれつ》な印象の女性が声を発した。

娘のレイラと同じく、目が覚めるような金髪と紅の瞳が美しい王太后のエリアーデである。

「そうよ。落ちついて、私の可愛い子。第二王女とはいえ、この国で一番神聖力が高く高貴な血筋のレイラが、荒々しい蛮族の長《おさ》と結婚する必要はないわ。そういうのは」

持っていた扇子《せんす》をパチンと閉じたエリアーデは、呆然と成り行きを見守っていたフィリア目がけてそれを投げつける。

「い……っ」

扇子の角が目尻に当たり、フィリアは短く呻《うめ》いた。

「ごく潰しの姉に任せればいいのよ。——ねえ、フィリア？」

背筋が粟立つような猫撫で声で問われ、フィリアは目元を押さえながら身を硬くする。同時に、やっぱりこうなるのだという諦めにも似た感情が浮かんだ。

（謁見の間に、レイラと王太后様と一緒に呼ばれた時から嫌な予感はしていたけれど……）

頬にかげるほど長い睫毛《まつげ》を伏せたフィリアに、エリアーデは冷たく続ける。

「お前が嫁ぎなさい、フィリア。第一王女でありながら著しく神聖力の低いお前が、ようやく国のために役に立つ時が来たのよ。光栄に思いなさいね」

そこにフィリアの意思は必要ないと言わんばかりだ。道具を扱うように決められるのはいつものことだった。

「先王陛下亡き後も、身分の卑《いや》しい使用人の母を持つお前を王宮に留めてやった恩を、ここで私に返してちょうだい」

そう囁《ささや》くエリアーデとフィリアの血は繋《つな》がっていない。美しく気立てもよいと評判の使用人を見初《みそ》めて先王が生ませた子が、フィリアだからだ。母は身分が低いながらも側妃《そくひ》に据えられたが、それをよく思わないのが当時の正妃であるエリアーデだった。

公爵家の出で、立場の強い彼女は、世継ぎとなるユーリを生んで数年後に神聖力の強いレイラを生んでも、フィリアの母を、彼女が事故で亡くなるまで執拗《しつよう》にいびり続けていた。

そして、唯一の後ろ盾であった先王陛下が母の後を追うように亡くなった後はフィリアのことも同様に。

フィリアは織の細かい絨毯《じゅうたん》を見下ろす。上質なそれには点々と鮮血が散っている。エリアーデに投げられた扇子のせいで、どうやら瞼《まぶた》を切ったようだ。

それでも心配の声を上げる者は、広間には一人もいない。

フィリアがこれまでの散々な生活を思い返していると、レイラは耳元の眩《まばゆ》いピアスを揺らし、弾んだ声で言った。

「私ったら、お姉様の存在を忘れちゃっていたわ。だってお姉様ったら、教養もなければ見た目も貧相で、全然王族っぽくないんだもの」

さっきまでの不機嫌はどこへやら、レイラはニタニタと嫌な笑みを口元に刻む。

容貌にレイラのような華やかさはないにしても、フィリアの服装が粗末なのは王太后と異母妹が綺麗なドレスを与えないせいなのに、随分な物言いだ。

けれどこんな性悪な発言にも、フィリアはもう慣れている。

（石のように感情を殺そう。露骨に傷ついた顔をすれば、レイラを喜ばせるだけだわ）

心を殺すことに慣れたフィリアに、命令することが板についたレイラは甘えた声で言う。

「ねぇお姉様。お母様の言う通り、アレンディアには無能なお姉様が嫁いで？　国で一番の神聖力を持つ私と役立たずなお姉様、どちらに価値があるか、さすがに学のないお姉様でも分かるでしょう？　ね？」

「私……」

フィリアが話すのを遮《さえぎ》り、王太后は鼻にしわを寄せて罵《ののし》る。

「出来損《できそこ》ないは返事も遅いのねぇ。躾《しつけ》が足りなかったかしら。フィリア、返事は『はい』か『かしこまりました』でしょう？　また独房で反省させられたい？」

「……っいえ」

（せめて……）

せめて神聖力が高ければもう少し大切に扱われたかもしれないが、フィリアの力は国民の平均を大きく下回っている。それ故に臣下たちからも軽んじられ、王太后と異母妹からは日々言葉でなじられ、事あるごとに食事を抜かれ、躾と称して暗闇に閉じこめられるような生活を送ってきた。

だから、そんなフィリアに許された返事は一つしかない。

「はい……、喜んで」

切れた目元を押さえたまま無理やり口角を上げ、歪《ゆが》んだ微笑みを浮かべる。するとレイラは、仰々しくフィリアを抱きしめてきた。

「まあ！　嬉しい！　お姉様ならそう言ってくれると思ってたわ！　いつもその気持ち悪い笑顔で、私のお願いに応えてくれるものね？」

そのまま耳元に唇を寄せた異母妹は、砂糖を煮詰めたように甘い声で囁く。

「でも、その笑顔もいつまで続くかしら？　会ったことはないけれど、アレンディアの皇帝っていったら、まだ二十二歳と若いのに冷酷無情で血も涙もないと噂だもの。戦場では目に映るすべてを魔法で灰に代えるとか。お姉様も、機嫌を損ねて燃やされないよう気をつけて？　あ、それとも剣で切り捨てられるかしら？　どうしましょう。生きているお姉様を見られるのは、あと少しかもしれないわね？」

フィリアはイエローサファイアを彷彿とさせる瞳を揺らす。命の危険をちらつかされてさすがに動揺を隠せずにいると、レイラは酷薄《こくはく》そうな口の端を吊りあげてせせら笑った。

「この国のために、さっさと失せてよ」と。

フィリアをいびる二人が退室すると、ユーリはおもむろに口を開いた。

「すまない。フィリア」

「お兄様のせいではありませんわ」

フィリアは無理やり笑顔を作って否定する。

ユーリはエリアーデの実子だが、父である先王は彼が幼い頃に心不全で亡くなったため、成人するまで彼女に摂政《せっしょう》として政治の実権を握られていた。そのせいで、今も政治については母親に意見を仰ぐことが多く、強く出られない。

（そもそもアレンディアの鉱山を侵害したのも、王太后様のご指示という話だわ）

妹であるレイラの方がユーリより神聖力が高いこともあり、力の強さが発言権と比例するこの国で、彼はすっかり母と妹の操り人形となっていた。

だからそんな異母兄が、これまでフィリアに助け舟を出してくれたことは一度もなく。

ただ申し訳なさそうに謝るだけ。身分の低い母親から生まれ、神聖力が低いという理由で王宮内の使用人にも遠巻きにされていた身としては、それだけでも慰め程度にはなったけれど。

「亡くなった母が愛した、この国のためですから」

自身を納得させるように、フィリアは呟《つぶや》く。

（そうよ、戦争を起こすわけにはいかないもの。私一人が嫁ぐことでそれを回避できるなら、安い代償だわ。……誰にも、大切な誰かを失う悲しみを味わってほしくはない）

フィリアの脳裏には、事切れて冷たくなった母の姿が過《よぎ》る。

幸せな記憶は、花びらほど小さなものしかない。遠い昔、大好きな母に愛情を注がれた記憶だけ。フィリアが七歳の時に亡くなった母は春風のように優しく、たおやかな人だった。同時に、揺らぐことのない芯の強さも持ち合わせた人で。

幼いながらに、側妃である母の立場が弱く、エリアーデから嫌がらせを受けていることを薄々理解していたフィリアは、辛くないのかと問うたことがある。すると母はキョトンとした後で、おかしそうに笑ったのだ。

『平気よ。だって俯《うつむ》いてメソメソしていたら、幸せに気付けないでしょう？——そうだ、フィリア、お母様と約束して。いつだって前を向いて笑顔でいるって。幸せが訪れた時に、気付けるように』

それは母が、事故に遭う前の晩に残した言葉でもあった。その言葉は、いつもフィリアを勇気づけてくれる。

だからいつも、微笑んでいたい。亡くなった母のように、困難な時でも気丈に凛《りん》と胸を張っていたい。母を亡くした絶望に比べたら、異母妹たちにいびられることなんてかすり傷みたいなものだ。きっと、冷酷無情と噂されるアレンディアの皇帝に嫁ぐことも耐えられるはず。

（大丈夫です、お母様。どんな時でも、笑顔を忘れずにいますから）

「アレンディアの皇帝は、ヴィルヘイムの侵略行為を和睦によって許してくださる寛大な方です。和平協定を結んだ国の王妹を手にかけたりはしないはず。そうでしょう？」

本音は、そうであってほしいという願望だが。王宮から一歩も出たことのないフィリアは、レイラや使用人たちが仕入れてきた情報でしかアレンディアの皇帝について知らない。

そして彼女らに聞くかの人の噂は、冷血で野蛮だというものばかりだった。

それでも、フィリアは作り笑いを崩さない。笑顔を解いたら、胸に巣くう恐怖が表に出て立っていられないと思ったから。

「……お前はどんな時でも笑ってるな、フィリア。絶望はしていないのか？」

ユーリは少しばかり無神経だと思う。血を分けた妹の強がりを見抜けないその鈍さに、フィリアは苦い気持ちを堪《こら》えた。

「しません。いつだって笑顔を忘れずにいると、亡き母と約束しましたから」

フィリアは背筋を伸ばし、努めて明るい声で言う。不安な本音は、胸の奥に鍵をかけて仕舞った。

そんな出来事があってから三カ月後。雪が解け、花の蕾《つぼみ》が膨らみ始めた季節の黄昏時《たそがれ》に、フィリアはアレンディア帝国で結婚式を迎えていた。

結婚が決まってこの方、カイゼルには一度も会ってすらいない。式の前にも挨拶をする機会は得られなかったので、本当に式場の大聖堂で初めて顔を合わせることになる。

(恐ろしい方だと噂されているけれど、和睦を選んでくださった方だもの。せっかく夫婦になるのだから、良好な関係を築きたいわ)

そんな僅《わず》かな希望を抱いて、フィリアは前を向く。

片側に編み下ろされた藤色の髪には、白いアネモネやユーカリ、淡くくすんだ色味のアジサイやかすみ草が飾られている。緊張で冷えきった肩がむきだしのウェディングドレスは、繊細なレースがあしらわれて波のように美しい。

馬車を降りて、誘導されるまま大聖堂の階段を上る。内側から開いた扉の先には、赤い絨毯が真っすぐ延びていた。頭に被せられたベール越しに見える両脇には、両国の貴賓《きひん》が並んでいる。

確かカイゼルの両親である先帝は、早くに亡くなったはずだ。母である皇太后もカイゼルが即位してほどなく病を患い、身罷《みまか》ったと聞いている。そのため、アレンディア側の席には忠臣ばかりが並んでいた。

エリアーデに暗い牢に閉じこめられることが多かったせいで視力に自信のないフィリアは、目を眇《すが》めてユーリや彼の側近、それから大臣を視認する。

(王太后様とレイラが参列していないのは救いかしら。委縮せずに済むもの)

とはいえ来賓からの穴が空きそうな視線を辛く感じながら、フィリアは一歩を踏みだす。緊張で胃がひっくり返りそうだったが、それを一瞬忘れるくらい、夕暮れ時の大聖堂は得も言われぬ美しさがあった。

紫と橙が溶けあった空には星が瞬《またた》き、細い三日月が窓越しにフィリアを見下ろしている。オーケストラによって荘厳な音楽が鳴り響く中、フィリアは長いトレーンを引きずって祭壇に向かった。

そして圧倒される。そこに立つ花婿の美しさに。

(……この方が……カイゼル・アレンディア様……?)

月の光を浴びて輝いているようだというのが、第一印象だった。指通りのよさそうなペールブロンド、菫色の透き通った桃花眼《とうかがん》、高く筋の通った鼻梁《びりょう》に、薄い唇。すべてが整いすぎていて、彫刻でさえ彼を前にしたら逃げだしてしまいそう。

全体的に色素が薄く儚《はかな》げな見た目にもかかわらず、しゃんと伸びた背筋や堂々とした立ち姿からは力強さを感じる。

驚いた。嫁ぐ前にレイラから散々聞かされたカイゼルの見た目の悪評とは、まるで違う。熊のように獰猛《どうもう》で荒々しいとか、戦争で負った刀傷により残忍な口元は裂けているという噂を聞かされていたけれど、実際の彼は一振りの刀のように研ぎ澄まされた美しさがあった。

(噂は、ただの噂でしかないのね)

隣に立つと、背の高い彼に流し目を向けられる。長い睫毛に縁どられた薄紫の瞳が宝石のようだとフィリアは思った。

（なんて綺麗な人……同じ人間とは思えないわ……）

周囲のことも忘れて彼に見入るフィリアを、神官《じんかん》の咳払いが現実に引き戻す。

「指輪の交換を」

「は、はい」

フィリアは神官に促されて手袋を外す。と、ふとカイゼルも手袋をしていることに気付いた。

しかも中々外そうとしないので、もしやこの婚姻に不服なのでは、と一瞬不安が過る。

それが表情に出ていたのだろう。顔を曇らせるフィリアにカイゼルは美しい眉をひそめると、小さく嘆息《たんそく》してからおもむろに手袋を外した。

ゆっくりと露《あらわ》になった左手の指先に、フィリアは目をむく。

「その指……あ、も、申し訳ありません。何でも……」

カイゼルの眦《まなじり》が険しくなったため、フィリアは慌てて頭を下げる。目線だけ上げて彼の左手を盗み見れば、きめの細かい肌で覆われた右手とは違い、肌色が曖昧な境界で途切れ、指先が透き通っていた。

（あれは……魔石……？　まさか指が宝石みたいに、結晶化しているの……？）

その輝きは目が眩《くら》むほどで、ステンドグラスの色を反射して七色の光を放つ指先は、まるでダイヤモンドのようだ。

神秘的な美しさだったが、フィリアは嫌な予感がして鼓動が速くなった。何故って、人の指が宝石のように結晶化している理由は、フィリアの知る限り一つしか思い浮かばないからだ。身体がガタガタと震えだす。指輪を落とさないでいられたことが奇跡だった。

（ああ、なんてことなのかしら——陛下は『魔力過多』なんだわ……！）

エリアーデにより今日まで王宮内から一歩も出ることを許されなかったフィリアは、使用人たちの噂話でしか聞いたことがなかったけれど——魔力を持つアレンディアの民には稀に、魔力過多を起こす者がいるらしい。

何でも器に見合わない膨大な魔力が持ち主の身体を蝕《むしば》み、固まって結晶化してしまうのだそうだ。魔力の酷使による疲弊《ひへい》がきっかけとなって一度症状が出始めると、身体の一部が宝石のように固まり、それによって身体が衰えるにつれ結晶化が広がって、やがて全身に至り命を落とす。

ここに来てようやく、フィリアはカイゼル率いるアレンディアが和睦を選んだ意味を正しく理解する。カイゼルは稀代《きだい》の魔力持ちで、高度な魔法を駆使して大国のトップに君臨する男だ。つまり、彼の器から溢れるほどの強大な魔力は他国への抑止力にもなるが、代償として身体を蝕んでいる。

（愚か者だわ、私は……！　どうしてその可能性に行きつかなかったの？　これはただの和平協定のための結婚じゃない。この結婚には別の意図があったんだわ……！）

破魔と癒しを司《つかさど》る神聖力はどんな傷をも癒し、魔力を起因とする瘴気《しょうき》で侵された自然を元通りにすることも、結界を張って魔物の侵入を防ぐことも、他者の魔力を削って打ち倒すこともできる。

そう、神聖力があれば『浄化』という破魔の効果により、侵食されたものや場所を正常化することだって、過剰な魔力を減らすことだって可能だ。

――――つまりアレンディアの目的は、神聖力を持つ者を嫁がせ、多大な魔力に侵されているカイゼルを救うためだったのだ。

（だから領地を侵害されても、アレンディアは戦争でなく和平を選んだんだわ……！　でも、それじゃあ……）

神聖力の低いフィリアでは、役に立たない。

フィリアは愕然《がくぜん》とする。その間にも冷や汗を掻いた細い指には、カイゼルによって作業のように淡々と指輪が嵌《は》められた。触れた箇所が冷たいのは、彼の指が本物の宝石みたいに冷えきっているから。

良好な夫婦関係を築きたいというフィリアの淡い期待は、脆《もろ》くも打ち砕かれる。何故って、たった今、自分はカイゼルの妻に相応《ふさわ》しくないと現実を突きつけられてしまったからだ。

（どうしよう。陛下やアレンディア側の目的が彼の結晶化の阻止なら、私は期待に沿えないわ）

だってフィリアは、神聖力が著しく低いから。とてもじゃないがカイゼルの身体を蝕む余分な魔力を、浄化によって削れるとは思えない。

カイゼルの指はダイヤモンドに酷似《こくじ》しているが、実際は魔力の塊が固体化したもの。つまり魔石なのだろう。特に結晶化が激しい左手の薬指は、指輪よりもずっとキラキラ輝いている。

激しく動揺するフィリアは、震える手で何とかカイゼルの薬指に指輪を嵌めようとするものの、彼の指が硬いせいかスムーズに通らない。

それに痺《しび》れを切らしたのだろう。フィリアの頭上に、彼の尖《とが》った声が落ちる。

「もういい」

「申し訳ありません」

出会って五分の間に、フィリアは二度目の謝罪を口にする。縮こまっていると、不意にベールを持ちあげられた。

間近で視線が絡みあい、彼の白刃のように鋭い眼光に気圧《けお》される。カイゼルの冷えた手がフィリアの頬に添えられ、顔を引き寄せられた。

「……口付けを交わす時は、目を瞑《つむ》れ」

カイゼルの不機嫌な声が、吐息と共に青ざめたフィリアの唇に落ちる。指とは違って温かい唇がそっと触れあったタイミングで、祝福の鐘が鳴り響いた。

初めてのキスは、緊張と焦燥でひどく殺伐としたものに感じられてしまう。

口付けの間、零《こぼ》れ落ちそうなくらい大きな瞳を固く閉じ、フィリアは考える。頭の中は、カイゼルと結婚すべきは自分ではないという思いで埋めつくされていた。

お陰で、参列者による拍手の音が耳に入らない。

「ここにお二人の結婚を認めます」

誓いのキスを終えた二人に向かって、神官は穏やかに囁く。婚姻は成った。けれど……。

(ダメです。陛下。神聖力が常人よりもずっと劣る私では、貴方を癒すことはできません)

――――離婚しなきゃ。

そうしなければきっと、隣に立つ美しい男はいずれ死んでしまう。婚姻が結ばれた瞬間から、フィリアは「別れなければ」と決意を固めた。


宵闇《よいやみ》の中では、沿道に詰めかけたアレンディアの民の顔が分からない。大聖堂から皇宮へ向かう道を、フィリアはカイゼルと共に豪奢《ごうしゃ》な正装馬車に乗ってゆっくりと走る。国旗や手を振る民にゆるりと振り返すカイゼルの手には、すでに手袋が嵌め直されていた。

あの白手袋の下は過剰な魔力に侵されているのだと思うと、フィリアはつい大きな瞳で凝視してしまう。

隣にかけたカイゼルの顔は窓の方を向いていたが、フィリアからの視線に気付いたのだろう。彼はこちらを見もせずに冷たく言い放った。

「俺の指は、気味が悪いか？」

「……っ」

侮蔑《ぶべつ》を含んだ声で問われ、フィリアは怯《ひる》む。そのせいで、返事が遅れてしまった。その間を肯定と受け取ったカイゼルは、冷や水を浴びせるように言う。

「石になりかけている化け物と結婚させられて気分が悪いか？　醜さに怖気《おじけ》づいたか。残念だが、これが君の運命だ。大人しく受け入れろ」

「……運、命……」

フィリアの意思でないとはいえ、先にアレンディアを侵害したのは母国のヴィルヘイムだ。その代償を贖《あがな》うためなら、これが宿命だと受け入れられる。

けれど、カイゼルは？

彼は神聖力を持つフィリアに、過剰な魔力を浄化してもらい、結晶化を防ぐことを期待しているに違いない。凄まじい速さで目減りしていく命の砂時計を止めようと、無常な運命を阻止しようと、神聖力を持つ妻を望んだだろうに、このままじゃ……。

（魔力過多に侵されて死ぬのが陛下の運命なんて、そんなのおかしいわ）

カイゼルの容貌は高名な彫刻家が手がけた彫像みたいだ。それくらい端正な彼は、動いていないと作り物めいた美しさがある。けれど、生きている。

出会ったばかりの隣国の皇帝だろうと関係ない。よく知りもしない、愛のない相手だとしても、救えるはずの命を目の前で取りこぼすのは嫌だとフィリアは強く思った。

だから、怖いけれど勇気を出し、緊張で狭《せば》まった喉をこじ開けて訴えたのだ。これがカイゼルのためになると信じて。

「カイゼル陛下、私と離婚してください」

カイゼルの魔力過多は深刻だ。彼の命を長らえさせるには、自分ではなく神聖力の高い異母妹のレイラと結婚した方がいい。いや、きっとレイラは嫌がって断るだろうが、それならせめてフィリアよりも高い神聖力を持つ者を妻に娶《めと》って浄化してもらった方がいい。

とにかく、自分ではダメなのだ。神聖力が低い自分ではカイゼルを救えない。

そんな、彼の身を案じての発言だったが、結果はどうだろう。

「――……君と別れるつもりは一切ない」

凍てついた表情を浮かべたカイゼルからは、冒頭の台詞が返ってきたのだった。

第二章　穏やかな箱庭で

みるみる深い闇色に染まっていく空は、カイゼルの心模様を表しているみたいだ。彼によって椅子に引き倒されたフィリアは、カイゼルの肩越しに見える窓の向こうを眺めて思った。押し倒された身体が痛みで悲鳴を上げている。

「お、お聞きください。陛下、私では陛下に相応しくありません。別の者をお勧めいたします。ヴィルヘイムの公爵家の令嬢か、神殿に勤める乙女か――……」

「黙れ」

肺腑《はいふ》が凍るような威圧感を孕んで、カイゼルがフィリアの言葉を遮る。花飾りのアジサイと同じ瞳の色をした彼は、フィリアを鋭く射貫《いぬ》く。

「君が俺を気味悪がろうと怖がろうと関係ない。この婚姻に愛はないが、和睦のためだ。別れることも逃げだすことも許さない。人質であることを忘れずに過ごせ」

取りつく島もない。これ以上の発言は許さないとばかりに会話を断ち切ったカイゼルは、煌《きら》びやかな皇宮に着くなり先に馬車を降りる。

車内に取り残されたフィリアは、のそりと身を起こし、去っていく彼の後ろ姿をただただ見送った。姿が見えなくなってから、失敗したことに頭を抱える。

「どうしたらいいの……。やってしまったわ……陛下を怒らせてしまった……」

フィリアは結晶化したカイゼルの指を醜いなんて思っていない。ただ単に己の低い神聖力ではは彼を救えないと感じ、動揺してしまったのだ。が、カイゼルはフィリアが彼の容姿を疎《うと》んで離婚したがっていると、誤った解釈をしたようだった。

「違うのに……」

まあ、誤解が解けたとしても、自分にいい未来はないのだけれど、とフィリアは自嘲する。だって、離婚してヴィルヘイムに戻っても、レイラたちが自分を迎え入れてくれるとは到底思えない。

（なのに皇帝に向かって離婚を切りだすなんて、私って本当に愚か者だわ。でも、ただなす術もなく陛下が亡くなるのを見届けるだけは嫌だと思ったの……）

フィリアの表情が陰り、視線が下がっていく。しかし暗い気持ちを払拭《ふっしょく》するため、ブンブンと首を横に振った。おまじないのように、母の言葉を思い出す。

（……いつだって、前を向いて笑顔でいなきゃ。くよくよしていても仕方ないわ。できることを考えるのよ、フィリア。ヴィルヘイムでも虐《しいた》げられる度に、自分を鼓舞して生きてきたでしょう？）

口角を上げるよう意識し、背筋を伸ばす。すると物思いに耽《ふけ》っていたフィリアの耳に、声が届いた。

「皇妃様……皇妃様っ」

「――――へ……？　は、はいっ」

フィリアはまだ聞き慣れない呼び名に、遅れて反応する。無意識のうちに馬車を降り、広大な皇宮を侍女によって案内されていたらしい。フィリアは大きな樫《かし》の扉の前で我に返った。

萌黄《もえぎ》色のボブヘアと頬に散ったそばかすがよく似合う侍女は、

「ご挨拶が遅れました。私は皇妃様の専属侍女を任されました、メイリーンと申します」

と名乗る。愛想のよい彼女は、ニコニコと部屋の扉を開けた。

「こちらが皇妃様のお部屋になります。今日は大変お疲れ様でした。さあ、お召し替えをいたしましょう。お手伝いいたします」

「ありがとうございます。……わ、とても素敵なお部屋ですね……！」

つる草模様の壁紙が目を引く部屋には、可愛い猫脚の家具が揃えられている。金箔押しのドレッサーも、天蓋《てんがい》付きの大きなベッドも、繊細優美な調度品も、母国にいた時は無能な自分には贅沢《ぜいたく》品だと与えられなかったのに。

（まさか、少し前までいがみ合っていた国で与えられるなんて……。このお花も、とっても綺麗）

洒落《しゃれ》た純白の花瓶に飾られた生花を撫でながら、フィリアはキラキラとした目で広い部屋を見渡す。豊穣の女神が描かれた天井画まで美しい部屋に圧倒されてしまう。

「お気に召しましたか？　こちらの部屋もそのお花も、陛下がご用意くださったのですよ」

「陛下が……？」

「はい。そちらのお花、ヒストリアルの花言葉は『安らぎ』です。アレンディアでしか咲かない魔力の籠った花でして、香りにはリラックス効果があります。是非嗅いでみてください」

「……柔らかくて、優しい香り」

摩耗した神経を癒してくれるような香りだ。これをカイゼルが用意してくれたとは。

大聖堂から皇宮に着くまで、終《つい》ぞ温もりの籠った目を向けられることはなかったけれど、人質として連れてこられた他国の王妹にこんな立派な部屋を与えるくらい、歓迎してくれているということだろうか。

だとしたら、歩み寄ろうとしてくれていたかもしれないカイゼルに、事情があってもいきなり離婚を申し出るなんてひどく失礼なことをしてしまった。

フィリアは向こう見ずな自分の発言に反省する。同時に、安堵《あんど》もした。

（大丈夫ですよ、お母様。貴女《あなた》の言葉通り、私は笑顔でいます。ちゃんと前だって向いて歩いていきます）

状況はちっとも最悪じゃない。悪鬼のように凶暴だと聞いていたカイゼルは自分を切り刻んだりしなかったし、あてがわれた侍女は温和。ヴィルヘイムにいた頃は使用人よりも粗末な部屋を与えられていたのに、今は端から端までを視界に納めるのが難しいほど広い部屋の主人となった。

異母妹たちにいびられていた頃に比べれば、よっぽど恵まれている。

フィリアは、カイゼルの整った冷たい横顔を思い出す。たとえ浄化が目的だったとしても、ここまでしてくれる義理はないはずだ。彼のもてなしに感謝しなくてはいけない。

（陛下の魔力過多は気がかりだけど……離婚のご意志がないなら一先《ひとま》ず私がすべきことは神聖力の低いフィリアにカイゼルはすぐ愛想を尽かし、代わりの皇妃を望むだろう。でもそれまでは、この地で自分にできることをしよう。だって、自分はこの国に皇妃として嫁いだのだから。

カイゼルの厚意《こうい》に応えるためにも、最善を尽くさなくては。そう意気込み、フィリアの結婚初夜は更けていくのだった。


同時刻。正装からシャツにベストというラフな格好に着替えたカイゼルは執務室にいた。座り心地のよい執務椅子にかけた彼は、机の上に載ったゴブレットの中身を呷《あお》る。脳裏には先ほどまで一緒にいたフィリアの姿が過っていた。

指通りのよさそうな藤色の髪と、しみのない白い肌が美しかった。顔つきはまだあどけなく、満月のように大きな瞳が不安げに揺れていたことを思い出す。薄い肩も細い手首もひどく庇護《ひご》欲を誘って、とてもかの卑怯な国から嫁いできたとは思えない可憐《かれん》さだった。

「くそ」

カイゼルは小さく舌を打つ。まさか鈴蘭のように優しげな雰囲気と面差《おもざ》しのフィリアから、婚姻を結んで一日と経たず離縁を切りだされるとは思わなかった。

彼女には気の毒だか、カイゼルに怯えて離婚したいという理由なら、到底許可することはできない。

長年険悪な関係だった隣国と、ようやく和平の道を選んだのだ。人質であることには同情するが、両国の平和のためにも、フィリアにはこの地で一生暮らしてもらうつもりである。

立場を分からせるために、あえて初対面時に冷たい言葉を選んで彼女に浴びせてみたが……。

「言いすぎたか……？　怯えただろうか」

馬車に一人残していくのは、さすがにひどかったかもしれない。いや、でも……。

（ともかく、人質という立場を弁《わきま》えずに離婚を口にするくらいだ。彼女は俺を気味悪がっているに違いない）

カイゼルは新しく嵌め直した黒手袋をじっと見つめて考える。次に、「当然か」と口元に小さな自嘲を刻んだ。自分だって、結晶化は気味が悪いのだ。深窓の姫君みたいなフィリアには刺激がきつかったことだろう。

（あの怯えた様子から察するに、余分な魔力を浄化してもらう行為は期待できそうにないな。それどころか、俺を恐れて逃げだそうとするのではないか）

「悪いがそれは看過できないな」

逃げだされては敵わないし、余計なことをされてもたまらない。カイゼルは黒手袋を嵌めた指をパチンと鳴らす。と、執務机に置いていた燭台《しょくだい》の炎が、一斉にオレンジから青に色を変えた。

一分と経たずに、足音が近付き扉をノックする音が聞こえる。

「皇宮騎士団魔法特務隊師団長、キリアン・エセキエル。ただいま参りました」

鮮やかな桜色の髪を肩に届く長さまで伸ばした男が、弾けるような笑顔で入室してきた。口元にピアスが二つ、耳にも左右に三つずつフープピアスをつけたキリアンは、騎士団の制服を着崩している。チャラチャラした雰囲気に反して仕事のできる男を見上げ、カイゼルは口を開いた。

「早かったな」

「魔法で皇宮中の松明《たいまつ》の炎の色を変えて僕をお呼びになったのは陛下でしょうに。しかしまだ執務室にいらっしゃるとは驚きました。新婚初夜なのに、皇妃様と過ごさずこんな場所で何してるんです？」

「…………」

「え、何ですか、その沈黙。まさか……皇妃様に浄化もしてもらってないんですか？　マジ？　そんな奥手でしたっけ？」

　エメラルドを想起させる垂れ目を瞬いたキリアンは、信じられないと言わんばかりに尋ねた。

　カイゼルはプイと顔を背けて煙たそうに言う。

「うるさいぞ」

「いや、幼馴染がそんな状態じゃ、心配もしますって！　うわ、よく見たらゴブレットの中身、ローレイの薬草茶じゃないですか。皇妃に浄化してもらえばそれを飲む必要もなくなるっていうのに……」

　ローレイという魔法植物には、魔力を弱める効能がある。魔力過多を起こした者の薬として用いられるが、特効薬とは言い難い。それでも気休め程度にはなり、症状の進行を遅らせることができるため、アレンディアでは重宝されていた。

（他にも魔力過多に効く薬草を調べる中で、魔法植物には随分詳しくなったな）

　フィリアの部屋に飾らせたヒストリアルも、その過程で知ったものだ。

　彼女のことを思い出すと苦い気持ちになり、カイゼルはゴブレットの中身を飲み干す。

　幼少の頃から遊び相手として共に育ったキリアンは、カイゼルの手を指さして釘を刺した。

「忘れないでくださいよ。口うるさい臣下たちがヴィルヘイムとの和睦に渋々同意したのは、神聖力を持つかの国の王家の女性を娶り、その力を利用して陛下の結晶化を治すためだってこと！」

「…………」

「ちょっと！　だから返事！　都合が悪くなったらすぐ無視するの禁止！」

「皇帝の俺にそんな口を利くのはお前だけだぞ。キリアン」

「僕は心配してるんですって！」

甘いマスクの色男にもかかわらず、母親のように口うるさいキリアンの発言をカイゼルは受け流す。幼馴染の騎士に言われた小言は、自分が一番よく分かっていた。

けれど、臣下たちの思惑とカイゼルの考えは違う。

キリアンはピンクブロンドをガリガリと掻きながら呻いた。

「……あー……貴方の考えていることは分かってますよ。ヴィルヘイムほどの大国と戦争を起こして不要な血が流れるのを避けるために和睦を望んだのでしょう？　けれどそれじゃ臣下や民が納得しないから、神聖力を有するあの国の王妹を娶った」

その通りだ。だから和睦自体が目的のカイゼルとしては、怖がっているだろうフィリアに浄化を強要するつもりはない。けれどキリアンは、カイゼルの考えを理解しても、納得はしてくれなかった。

「貴方の優しさは尊重したいですけど。浄化は必要な行為です。皇帝であるカイゼルには長生きしてもらわないと困るってこと、忘れないでくださいよ」

「……分かってる」

カイゼルはぶっきらぼうに答える。

カイゼルにしてみれば、そもそも身体をコントロールできない自分自身が呪わしく腹立たしいのだ。他人に縋《すが》らなければ生き長らえることが難しい己の現状にも、憤りを覚える。

（あんなにもか弱そうな、純真そうな娘に頼らないといけないなんて）

そこまで考えて、カイゼルは薄く形の整った唇をへの字に曲げた。

（純真そうって……相手はあの卑怯なヴィルヘイムの王妹だぞ。こちらが和睦を願っていても、領地を侵害した前科のあるヴィルヘイム側が、虎視眈々《こしたんたん》と裏切りを画策している可能性もある。油断大敵だ）

清純な見た目に踊らされてはいけない、とカイゼルは気を引きしめる。それから、一段低い声で言葉を紡いだ。

「キリアン、お前をここに呼んだ理由を喋らせろ。俺は皇妃を信用していない。お前は彼女をバレないように監視し、何か不審な動きがあれば教えてくれ」

「えぇー。僕、これでも師団長なんですけど」

「だからこそだ。それに魔法特務隊は今、大きな仕事を抱えていないだろう」

ごねるキリアンに、カイゼルはバシリと言った。

「師団長の僕に頼むくらい、皇妃様を信用してないってこと？　うーん……それならまぁ……。分かりました。友好条約のお陰で戦争も回避できたから今は仕事も少なくて平和なもんだし、僕がバッチリ皇妃様を見張りますんで、安心してください」

お調子者のキリアンだが、カイゼルの真剣な物言いに事の重要性を察したのだろう。最後は命令を聞き入れた。

結婚してから約半月が過ぎても、フィリアとカイゼルの間に特に進展はなかった。それどころか、結婚式以来、カイゼルはフィリアに会ってすらいない。理由は色々だ。自分がいない方が羽を伸ばせるだろうと遠慮してみたり、そもそも会う気が起きなかったり。公務が忙しすぎて彼女の存在が頭からすっ飛んでいたことも何日かあった。

しかし……。

「陛下、妃殿下とは仲良くお過ごしでしょうか。浄化は順調でしょうな」

会議の度に老年の臣下から問われては、鉄面皮のカイゼルといえどもウンザリする。いい加減当たり障りない言葉を選んで答えるのも限界だ。

（そろそろもう一回会わなくては、皇妃の部屋に渡りがないと噂されてしまうな。くそ、和睦のためとはいえ、面倒な……）

カイゼルは黒手袋に覆われた指を睨む。結晶化の問題もどうにかしなければならない。薬草茶を飲んで症状の進行を遅らせるだけでは、多大な魔力に侵された身体がよくなることはないのだから。

墨を流したような空が広がる夜更け、公務を終えたカイゼルはキリアンを呼びつけようとした。けれど何も言わずとも向こうの方からやってきたので、これ幸いと話を聞く体勢に入る。

この二週間、キリアンにはフィリアに張りついてもらっていた。彼女の様子について報告を聞いてから会おうと思っていたカイゼルは、しかし使い古した布のようにくたびれた色男の部下を見て瞠目《どうもく》する。

「何故そんなにやつれているんだ……？　騎士団の鍛錬でもそこまでボロボロのお前を見たことはないが……」

師団長を任せるほどの実力者であるキリアンが、戦闘以外で激しく消耗している姿は初めて見る。カイゼルが問うと、心なしか色褪せたピンクブロンドを振り乱し、キリアンは涙目で訴えた。

「何でってそりゃあ……カイゼル、あの皇妃様はやばいですよ！　それを報告に来たんです！」

信頼する側近の叫びを受けて、カイゼルは表情を厳しくする。

「どういうことだ。やはり純粋そうな顔をして、アレンディアの寝首を掻こうとしているのか？」

「違う！」

「では何だ。お前が目の下に隈を作るほど深刻な問題を、皇妃が抱えているということだろ」

「違う！　いや、合ってるのか？　ちなみに僕のこれは、単純に重度の寝不足！」

キリアンは自身の目元の隈《くま》を指さして呻いた。

「いいですか？　報告っていうのはこのことです。フィリア様がこの二週間、まったくと言っていいほど寝ずに勉強に励んでいるもんだから、ひたすらそれを見張っているこっちも寝不足なんですよ……！」

「────は？」

一瞬何を言われたのか理解できず、カイゼルは鳩が豆鉄砲を食ったような顔をする。キリアンは「僕はね」と続けた。

「僕は徹夜が三日続いても平気なんです！　ええ、野外訓練で慣れてますから！　でも半月、半月ですよ⁉　そろそろ寝不足で幻覚が見えそうです‼」

頭から煙を噴きそうな勢いで言い終えたキリアンは、体力の限界なのか肩で息をする。唖然として報告を受けていたカイゼルは、半ば信じられない気持ちで呟いた。

「……皇妃が、半月も眠らずに勉強している？」

「そうです！　食事と湯浴み以外の時間はすべて！」

にわかには信じがたい。いや、勉強って何だ。まさか、皇妃教育か？　カイゼルは困惑する。

（そういえば結婚式の翌日から、必要だろうと家庭教師をあてがいはしたが……眠れないほど厳しい教育なんて受けさせていないはずだぞ）

「ちなみに、現在進行形で勉強しておられます」

「今もだと？」

「今もです！　もう深夜の一時なのに！」

腰に下げた懐中時計をかざしてギャーギャー喚くキリアン。彼の剣幕と発言に、カイゼルは頬を引きつらせる。

（一体、何がどうなっている？）

「……皇妃の元へ向かうぞ、キリアン」

キリアンの話を聞いたカイゼルは、ようやく重い腰を上げ、フィリアに与えた部屋へと向かった。


カイゼルがこちらへ向かっていると知りもしないフィリアは、アレンディアに嫁いで半月、己の無知を思い知らされていた。

彼が愛想を尽かすまで、できることは何でもやろうと皇妃教育に励むことにしたフィリア。けれど、とにかく自分は知らないことが多すぎる。

それもそのはずで、十歳の時に神殿でレイラと一緒に鑑定を受けたフィリアは、自身の神聖力が著しく低いことを知ったのだが――ただでさえ母親の身分が低いという理由で軽んじられていたのに、鑑定結果のせいで余計ぞんざいに扱われてしまい、以降まともな教育を受けさせてもらえなかったのだ。

けれど皇妃として嫁いだ以上、必要な知識を身につけなくてはならないだろう。そう思ったフィリアはこの半月ろくに睡眠も取らず、日々一般教養や語学を学び、遅すぎる皇妃教育をこなしていた。

(全然知識が追いつかない。もっともっと頑張らなくちゃ。でも……)

家庭教師の指導は厳しいけれど、知識が雪のように積もっていくのは嬉しい。お陰でフィリアは家庭教師が帰った後も自主的にダンスの練習をしたし、異国語の勉強に励んだし、世界情勢についての本も読みふけった。

そんな勉強漬けの毎日を送っていたフィリアは、今晩も大きな窓際の机に陣取り勉学に励む。

「三十二巻あるアレンディアの建国史は読み終えたし、一カ月前に大陸間で結ばれたばかりのワリントン条約も全文頭に入ったはず。近隣四カ国のテーブルマナーも何とか……あ、皇妃たるもの国際問題にも精通してないと。通貨が多極化しているシャオリン問題と、カベナ地区の貧困による紛争についても勉強しなくちゃ。あと……」

気合十分のフィリアだったが、ふと寝不足によって視界がぐらりと歪み、頭を振る。

(……弱っている暇なんてないわ。私は神聖力が低い分、別のところで努力しないと)

そう意気込んでいると、扉をノックする音が聞こえたので返事をする。侍女のメイリーンだろうか。優しい彼女はいつもこの時間帯になると、眠気覚ましのお茶を淹れに来てくれるから。

しかし、机と鼻先がくっつくほど顔を近付けて読み書きに励んでいたフィリアは、扉の開く音がしても一向に侍女の声が聞こえないので顔を上げる。

そこでようやく、真夜中の訪問者が、怪訝《けげん》な表情を浮かべたカイゼルだと気付いた。

「へ、陛下⁉」

素《す》っ頓狂《とんきょう》な声を上げ、フィリアは椅子を引き倒す勢いで立ちあがり礼をする。対して部屋の状況を確認したカイゼルは、眉を寄せて唸った。

「……どういう状況だ、これは」

「え？　あ、こ、こんばんは、陛下。このような格好で申し訳ありません……！」

まさかカイゼルが、こんな草木も眠る時間に訪ねてくるなんて。

この二週間、一切音沙汰のなかった皇帝の訪問にフィリアはたじろぐ。

しかし彼の視線は彼女ではなく、その周りにうずたかく積まれた本の山で止まる。フィリアの周囲には城壁のように本が積みあげられていて、その種類はアレンディアの建国史や近隣諸国の語学書、マナーについてなど多岐に亘《わた》っていた。どれも皇宮の書庫から借りてきたものだ。

「本を積みあげて要塞でも作る気か……？　まさか本当に、こんな時間まで皇妃教育に励んでいたとは……」

カイゼルが独りごちる。フィリアはオロオロと様子を見守った。

（どれも書庫の管理人様から許可を得て持ちだしたものだけど、怒られるかしら……。ああ、それよりも……）

勉強に夢中で、部屋は散らかり放題だ。結婚初夜以来カイゼルの渡りはなかったので、今日も彼は来ないだろうとすっかり気を抜いてしまっていた。

フィリアは緊張から、組み合わせた指に力を込めて青ざめる。

（こんなの、叱られて当然ね……）

しかし――――……。

「フィリア様〜、お願いだから休憩を挟みましょうよぉ。頑張りすぎですって！」

カイゼルの後ろからひょっこりと顔を出したキリアンの気安い口調に、ピリッとした空気は霧散《むさん》した。

キリアンにこっそり監視されていたとは知らぬフィリアは、初めましての彼を見上げて問う。

「えっと……？」

「申し遅れました。僕は陛下の命でフィリア様を陰から見張……護衛しておりました、皇宮騎士団魔法特務隊師団長キリアン・エセキエルと申します」

「おい。お前が彼女を陰から監視していることは言わない約束だろう」

フィリアがキリアンに会釈をしていると、カイゼルは彼をギロリと睨む。キリアンは肩を竦《すく》め、悪びれもせずに言った。

「無理ですよ、もう限界。っていうか、僕はせっかく護衛って言葉を使ったのに、たった今監視していたと打ち明けたのは陛下御自身じゃないですか……」

（監視……）

男性二人のやり取りを聞きながら、やはりヴィルヘイムから来た自分は警戒されているのかと、フィリアは少しばかり落ちこんだ。

（ううん、仕方がないわ。ヴィルヘイム側がしたことを思えば……）

肩を落とすフィリアだったが、ズイと距離を詰めてきたキリアンは熱弁を振るってくる。

「僕はこの二週間、フィリア様の血の滲《にじ》むような努力をずっと見守ってきました。フィリア様は頑張りすぎです。どうか一刻も早くお休みください。そして僕のことも休ませてくださいっ」

「え……ええ……っ？」

両手を一回り大きなキリアンの手にガシッと握られ、フィリアは目を白黒させる。

「おい、キリアン」

すかさず突っこむカイゼルに、キリアンは大真面目な様子で言った。

「陛下、邪《よこしま》な者は、睡眠も取らずにぶっ続けで皇妃教育に励んだりしません。つまりフィリア様は皇妃の鑑《かがみ》です。以上」

「それが謎なんだ。皇妃、君は結婚初夜に『離婚したい』と申し出ておきながら、何故皇妃教育に精を出す？」

その言葉に、キリアンがぎょっとする。あの日のことを思い出したフィリアは呻きたくなった。

「フィリア様が……離縁を望んでいる……？」

キリアンが、信じられないものを見るような目でフィリアを凝視する。その視線が痛くて、フィリアは俯いた。

カイゼルは小さく舌を打つと、キリアンに向かって命じる。

「キリアン、お前は部屋の前で待っていろ」

「ええっ。ちょっと……陛下、聞きたいことは色々あるけど一先ず……フィリア様が寝不足だってこと、忘れないでくださいよ！　尋問反対！」

その言葉を残し、キリアンは退室してしまう。嵐のようだったな、とフィリアは思った。

（いいえ、嵐はまだ続いているわ……。陛下の視線がとても痛くて穴が空きそう）

「座れ」

カイゼルは暖炉のそばにある背もたれの柔らかいソファに座るなり、フィリアの腕を引いて隣に座らせる。その間も、菖蒲《しょうぶ》色の冷眼はフィリアを容赦なく睨みつけていた。

「俺への当てつけか？」

「……？　何のことでしょう？」

「この手を気味悪がって離婚したいと訴えてきた君が、皇妃教育に精を出しているのは、申し出を突っぱねた俺への当てつけかと聞いている」

そう言って、カイゼルは手袋を外し、ダイヤモンドのように輝く左手を露にする。手の甲辺りまで侵食が進んでいたが、思ったよりはゆっくりとした進行具合にフィリアは胸を撫でおろした。けれど、カイゼルの発言には焦って否定する。

「ち――――違います。私は、陛下の結晶化した手が怖くて離婚を申し出たわけではありません」

誤解を解かなくてはという焦燥が身を焼いて、フィリアは言葉が上手く出てこない。

「なら何故だ？」

「それは、その……」

フィリアは言いあぐねる。自分の弱みを晒《さら》すのはとても勇気がいった。

（けれど真実を伝えなくては、陛下は納得してくださらなそう）

意を決して、フィリアは一息で言った。

「陛下と離婚したいのは、私の神聖力が低いからです。和平協定を結んだ意図は、陛下の魔力過多を治すためですよね？　ですが常人よりも劣る私の神聖力では、陛下を救うことはできません。ですからもっと……」

「神聖力の強い者と結婚した方がいいと思ったのか？」

「……はい。ヴィルヘイムの高貴な令嬢方の方が、私よりずっと神聖力が高いですから」

続きの言葉を言い当てたカイゼルに、フィリアは弱々しく頷く。

「勉強に励んでいたのは、神聖力でお役に立てない分、せめて皇妃としての務めを果たそうと思いまして。……今は、自分の無知を思い知っておりますが」

フィリアは苦笑を浮かべる。カイゼルはニコリともせずに尋ねた。

「では本当に、離婚したがったのは、人間なのに石になりかかっている俺が不気味だからという理由じゃないのか」

「もちろんです！　初めて見た時は驚きましたけど……不気味だなんて、とんでもありません。その、陛下の……武勇伝は……ヴィルヘイムにも届いておりましたから」

正直に言うとその大半は、レイラや使用人たちが怖がって話しているものばかりだった。アレンディアの皇帝が、侵略してきた他国の水軍を圧倒的な魔力を用いてたった一人で沈めただとか、一方的に同盟を反故《ほご》にしてきた国の元首を容赦なく討ち取ったとか。

どれも悪意を持って語られる内容ばかりだったけれど、フィリアはどの話を聞いても、カイゼルから仕掛けた戦いはないことに気付いた。ヴィルヘイムにいた頃に聞いた話では、彼は常に守るために力を使っていた。だから思ったのだ。カイゼルは、自国の民をとても大切に思っているのだろうと。

フィリアはダイヤモンドのように眩い光を放つ彼の指を、目元を和らげて見つめる。

「陛下の結晶化は、他国の侵略から国民を守るために身体を酷使した結果ですよね。いわば頑張った勲章です。ですから気持ち悪くも、怖くもありません」

「……勲章？　俺の手が？」

「はい。努力の証だと思います」

フィリアが力強く頷くと、カイゼルは戸惑ったように瞳を揺らす。彼がフィリアに普通の人間めいた表情を見せるのは初めてのことだった。

桃花眼を伏せたカイゼルは、金剛石を思わせる手を撫でて呟く。

「……この手をそんな風に言われるのは、初めてだな」

「え……あ……、も、申し訳ありません。表現が稚拙すぎましたね……？　それに、陛下にとっては身体を苦しめている原因なのに、私ったら」

フィリアが頭を下げようとすると、カイゼルに頬に手を添えられた。そのまま、顔を上げさせられる。

「謝らなくていい」

「そうですか……？」

「ああ。……君は、変わった子だな。離縁したい理由は分かったが、俺と君は、結婚式の日に初めて出会った。知り合いでもなかった俺の命を救おうとする義理などないはずだ」

「それは」

フィリアはネグリジェをギュッと握りしめる。脳裏には、母の亡骸《なきがら》のそばで泣き叫ぶ自分の姿が過っていた。大切な人を亡くす痛みをフィリアはよく知っている。

大事な人を失っても明ける夜に、薄情だと憤りさえした。濡れた頬を照らす朝日を、母はもう見ることがないのだと思うと、世界が憎いとさえ思った。

（そんな思いを、誰にも抱いてほしくない）

「陛下はアレンディアの民にとって必要な存在です。だから、陛下が命を落としたら悲しむ人が沢山います。そんな方々に、失う痛みを味わってほしくはありません。……何より」

フィリアは不器用に微笑みかける。

「私自身が、お優しい陛下が命を落とすところは見たくありませんから」

「優しい？　俺がか？」

「はい。卑劣なことをしたヴィルヘイムに和睦を持ちかけてくださったこと、本当に感謝しています」

でなければ今頃、アレンディアもヴィルヘイムも火の海だっただろう。

「ですから陛下。私と――」

離縁したい理由について理解は得られたはずだ。カイゼルとしても、高い神聖力を持つ者を望むに違いないだろうし、フィリアとはさっさと別れて他の誰かと結ばれた方がいい。だから今度こそ離婚に同意してくれるはずだ。そう思ったが……。

「君との結婚生活は続ける」

フィリアが何を言おうとしているのか察したのだろう、カイゼルはにべもなく答えた。

「え――どうして、ですか？　私といることにメリットなんて」

「こちらがヴィルヘイム側に提示した条件は、王の妹を差しだすことだ。『神聖力の強い者』ではない。つまり、代わりの者を寄越せと言っても、ヴィルヘイムがそれに応じる義務はないんだ」

「そ、それは……そうですが……」

（言われてみればその通りだわ。焦って失念していた……！）

フィリアは言葉を失う。

今でこそ二人の婚姻により和平協定が結ばれたが、元々両国は険悪な間柄だった。それこそ、いつ戦争が勃発してもおかしくないくらいに。

指輪交換の際、アレンディアを毛嫌いするヴィルヘイムの来賓の前で、カイゼルは結晶化した指を露にした。それを見た異母兄のユーリや臣下が、アレンディアの皇帝のため結晶化を治す使者を用意するとは到底思えない。

むしろ今頃はカイゼルの症状がエリアーデの耳に入り、憎い相手国の皇帝が弱っているのは都合がいいと舌なめずりしていてもおかしくなかった。

少し考えれば分かることに思い至らないほど、結婚初夜の自分は動揺していたのだろう。

フィリアは絵画のように美しいカイゼルを見つめる。

（つまり妻を代えられない以上、陛下を治せるのは、ここにいる私だけ……？）

目の前の、白豹のようにしなやかで、けれど儚い見た目のカイゼルを救えるのは自分しかいない。どっと、フィリアの肩に鉛のようなプレッシャーがのしかかる。

「なんて顔をしているんだ、皇妃。顔色が悪いぞ」

フィリアが蒼白なのは徹夜続きのせいもあるが、それだけではない。唇を噛みしめた彼女の考えを読みとったのか、カイゼルは溜息まじりに言う。

「安心しろ。結晶化は俺の問題だ。進行を止められなくても君が気にすることじゃない。これが俺の運命だっただけだ」

「運命なんて……！　陛下は何も悪いことをしておりませんのに……！」

フィリアはショックを受け、呻くように言う。カイゼルはフィリアの反応が意外だったのか、切れ長の目を見開いた。

「君は……。そうだな、その言葉だけでもありがたい」

救われたような顔をするカイゼルに、フィリアは拳を握りしめる。

（強い方。自分の結晶化を防ぐ方法が望み薄だと知っても、顔色を変えないなんて）

もしくは、フィリアになど最初から期待していなかったのかもしれない。それもそうかと、フィリアは自嘲を刻む。ヴィルヘイムにいた頃も、役立たずの自分は誰にも期待されなかった。

（でも、陛下は神聖力の低い私に、失望した素振《そぶ》りをお見せにならない）

やっぱりカイゼルは強い人だと、フィリアは思った。

（そんな方に、私ができることは……）

「事情は分かった。君はもう寝るといい」

「え……？」

物思いに耽っていたフィリアが顔を上げると、カイゼルの右手に目元を撫でられた。

「隈がひどい。君の肌は雪のように白いから余計に目立つ」

そうだ。散らかった部屋もそうだが、自分は素顔のひどい顔色を晒してしまっていた。フィリアは羞恥に駆られ、慌てて目元を押さえる。

「お、お見苦しいものをお見せして申し訳ありません。ですが、陛下は何か御用があってこちらに来られたのではないのですか？　お話を聞く前に寝るなんてできません」

すっかり聞きそびれていたが、カイゼルが来たのには何か理由があるはずだ。

「ああ。それはキリアンに君が無茶をしていると聞いて気にな……」

「気にな？」

「……何でもない。今すぐ寝ろ」

気まずそうに咳払いしたカイゼルは、立ちあがって左手の手袋を嵌め直す。その手を追うように、フィリアも起立した。

「お待ちください……！」

菫色をした双眸が、訝《いぶか》しそうにフィリアを見下ろす。とっさにカイゼルを引き留めてしまったフィリアは、冷や汗を掻きながら提案した。

「あの……よろしければ、私に浄化をさせていただけませんか……？」

「は？」

「魔力過多は魔法を使用した直後に症状が悪化しやすいため、定期的に神聖力を用いて浄化する必要があるんですよね？　私の神聖力は低いですが、枯渇《こかつ》しているわけではありません。ですから……何もしないよりはマシかと思いまして。あ、や、やり方はこの二週間、本を読んで勉強しました！　別の妻が見つかるまで、微力でも代理を務められるようにって……」

フィリアは絨毯の上に転がっている、魔力過多について書かれた本をかき集めて言う。

そうだ。たとえ微力でも何もしないよりはいい。現状カイゼルを救えるのは自分しかいないと分かったばかりなのだから。

「ですから、あの……失礼しますっ」

「あ、おい……!?」

ソファに本を置いたフィリアは、焦るカイゼルの声を無視し、彼の黒手袋を外す。それから壊れ物を扱うような手つきで、そっと彼の指先に触れた。

（お願い。私に流れる僅かな神聖力。陛下のために力を貸して……！）

目を閉じ、自身の身体の中に流れる神聖力を感じ取る。血液のように循環する神聖力を指先に集めたフィリアは、それを彼の結晶化した指に向けて送りこんだ。

「……っ」

カイゼルが、静かに息を呑む。触れあった指先から、淡い月光のような光が迸《ほとばし》って部屋を満たした。窓を開けてもいないのに、ふわりと前髪をさらうような風が巻き起こる。

（どうか、少しでも陛下の症状がよくなりますように……！）

強く念じながら、フィリアは薄目を開ける。カイゼルは食い入るように自身の指を見ていた。

やがて部屋を包む光が消え、春風のような風も止《や》む。

先に声を発したのはカイゼルだった。

「指を湯につけたみたいに、温かいな……」

そう呟く彼の指には、肌色の面積が増えている。

「結晶化がマシになってる」

「よかった……！」

フィリアはほっと安堵の息を零した。

爪はまだダイヤモンドの粒が載ったように石化したままだが、指輪の嵌めづらかったカイゼルの指は肌色を取り戻し、油をさしたように滑らかに動いている。

（陛下の結晶化が、まだ深刻な域に達していないせいかしら。私の低い神聖力でも多少は効いてる……！）

大成功とは言えないまでも、結晶化の範囲は明らかに減った。その事実に安心したせいか、フィリアはふと足の力が抜ける。すると視界が反転し、身体が傾《かし》いでいくのが分かった。

（あれ？　私、身体が言うこと聞かな――――……）

顔から床に向かって倒れこみそうになる。しかし衝撃に備えて強張った身体は、逞《たくま》しい腕に支えられた。

「大丈夫か⁉」

驚きから瞑った目を開ければ、カイゼルの整った顔が視界いっぱいに広がる。思ったよりも近い位置にある顔に、フィリアは泡を食った。どうやら倒れそうな自分を、カイゼルが腰に手を回して支えてくれたらしい。

「へ、平気です。申し訳ありません」

「……寝不足で弱っている時に神聖力を使ったせいだな。なんて無茶をするんだ」

「申し訳、ありません」

フィリアは蚊の鳴きそうな声でもう一度謝り、項垂《うなだ》れる。カイゼルの役に立ちたいと思っての行動だったが、彼を怒らせてしまったかもしれないと考えると、ただただ凹んでしまう。

（思えばとても強引な行動を取ってしまったし、呆れられたかしら）

考えれば考えるほど落ちこみ、視線が自然と下がっていく。

「……いや。……謝れとは言ってない。実は、結晶化した部分は本当の石みたいに重いんだ。それが楽になった。君のお陰だ。ありがとう」

「………………っ！　とんでもございません……！　少しでもお役に立てて光栄です」

礼を言われることに慣れていないフィリアは、弾かれたように顔を上げ、金色の瞳を爛々《らんらん》と輝かせる。胸に火が灯ったみたいに温かい気持ちになるのは初めてのことで、つい顔が綻《ほころ》ぶ。

それに対し、カイゼルは何とも言えない顔をした。

「……本当に助かった。今度こそ寝るといい。体力も限界だろう」

「あ……。ですが、まだ勉強が」

「そんなフラフラの身体で何を言っている」

ふらつく身体で勉強に戻ろうとしたフィリアを、カイゼルは強い口調でたしなめた。

「倒れたらどうする気だ」

「倒れたら……ですか？　別にどうもしません。私が倒れても、誰も気にしませんし」

フィリアが心底不思議そうに答えると、カイゼルは開いた口が塞がらないようだった。

（え？　私、変なことを口にしてしまったかしら）

だって、実際にヴィルヘイムではフィリアが倒れても誰も気に留めなかったのだ。だから高熱を出した時は、ひたすら部屋に籠って、粗末なシーツにくるまり辛抱強く治るのを待った。その間、誰一人としてフィリアの体調を心配し訪ねてくる者はいなかった。

一拍置いて、広い部屋に長い溜息が落ちる。カイゼルのものだ。

「……君と接して、一つ分かったことがある」

「え？」

「君が自分を蔑《ないがし》ろにするということだ」

「え、あ……っきゃ⁉　陛下⁉」

膝の裏にカイゼルの手が回った瞬間、フィリアは浮遊感に襲われる。彼に抱きあげられたのだ。気付いたフィリアは、あたふたして訴えた。

「お、下ろしてください！」

しかしフィリアの訴えはあえなく無視され、彼女を抱えたカイゼルは大股で部屋を横切る。天蓋付きベッドの前まで来てようやく足を止めた彼は、面白くなさそうに呟いた。

「倒れても誰も気にしないだと？　俺が気にする」

「陛……っん」

お尻に感じる柔らかい衝撃。フィリアはカイゼルによってガラス細工のようにベッドに下ろされ、何ならご丁寧に靴まで脱がされる。

「おやめください。陛下にそんなことをしていただくなんて、申し訳ないです」

「じゃあいい子に寝ろ。君に倒れられては迷惑だ」

「…………」

口調は強いのに『いい子』という言い方が絶妙に優しく感じられて、フィリアは押し黙る。

（……何が起きているの？　私が倒れたら迷惑って、陛下はおっしゃったけれど……）

フィリアを抱きあげるカイゼルの手はどこまでも優しかった。ヴィルヘイムにいた頃よく噂で聞いた、乱暴で冷酷な皇帝というのは、本当に彼を指しているのか疑わしいほど。

半月音沙汰のなかった夫に眠るよう強要されている今の状態に頭が追いつかないまま、フィリアはベッドに身を預ける。しかも夫婦の営みをするわけでもなく、純粋に睡眠を取るよう促され、しまいにはカイゼルに掛け布団までかけられてしまった。

「そんなガチガチに緊張していて、ちゃんと眠れるのか？」

「あ……う……」

それは貴方に見られているからです、とは言えず、返答に窮《きゅう》したフィリアは固く目を閉じる。

その様子を見かねたのか、カイゼルが溜息をつく気配がした。

ベッドの端に腰かけた彼は、フィリアの目元に大きな手のひらをかざす。

「……まったく、身体の力を抜け。返事は『はい』か『分かりました』だ」

「……っ。わ――――分かりました」

似たような言葉をエリアーデにも言われたことがある。それを思い出したフィリアは一瞬ギクリとしたが、一生懸命身体の力を抜く。すると降ってきた言葉は……。

「よし。いい子だ。安眠できる魔法をかけてやるから、そのまま寝ろ」

（またいい子って……。かけられた言葉も、意味は似ているのに、陛下と王太后様では温かみが全然違うわ。それに安眠できる魔法って、何かしら？）

フィリアは大人しくカイゼルの動きを待つ。しばらくすると、目元に触れた彼の手が心なしかじんわりと温かくなる。蒸しタオルを当てているような気持ちよさに、フィリアは自然とまどろむ。

（アレンディアの方々が使う魔法は、四大元素を基本としていると聞いたことがあるけれど……これは風の応用かしら。不思議……急に瞼が重く感じる……）

柔らかい風に身体を包みこまれ、眠りの淵までフワフワと運ばれていくみたいだ。

カイゼルに見守られていては緊張でまんじりともできないと思っていたフィリアだったが、あまりの心地よさに身体が芯をなくして、ドロリと溶けていくような気分を味わった。しかもその感覚が、身体がベッドと一体化するみたいで気持ちいい。

（……意識が遠くなっていく……）

アレンディアに来てからずっと興奮状態だった身体が、ついに限界を訴える。眠い。

ああでも。眠ってしまう前に、カイゼルに伝えたい言葉がある。それを思い出したフィリアは、下がっていく瞼を自覚しながら呟いた。

「陛下……ありがとうございます……」

「……何がだ」

「何もかも、です。私には不相応《ふそうおう》なお部屋も、綺麗なお花も……親切な侍女をつけてくださったことも……お陰で、毎日とても楽しく過ごしています」

フィリアはふにゃりと微笑んで礼を言う。

母が亡くなってからフィリアが浮かべる笑顔はいつも偽りだらけだったが、この瞬間の笑顔は無意識に溢れ出たものだ。

ゆりかごに揺られているような安心感に包まれて、フィリアは眠りに落ちていった。


「……やっと眠ったか」

しばらくして、カイゼルの耳にスウスウと穏やかな寝息が聞こえてくる。フィリアのサラサラの前髪を梳《す》けば、健やかな寝顔が露になった。寂しげな月みたいな色をした瞳は、薄い瞼の下に隠れている。

(健気な面ばかりが目についたな……)

カイゼルはフィリアの無垢な寝顔から、ごちゃごちゃした室内に視線を移す。本が大半だったが、机周りの床には絨毯の柄が分からなくなるほどの羊皮紙が落ちていた。

「……『魔力過多の軽減法』、『結晶化の治し方』か」

羊皮紙の内容は丸っこい筆跡で、項目ごとに纏められている。しかも、どれも裏までビッシリと文字が書かれていた。

「君は努力の天才みたいだな」

再びフィリアに視線を戻したカイゼルが話しかけるも、熟睡している彼女からの返事はない。

「不思議な子だ」

ヴィルヘイムの民は神聖力を有しているのが不思議なくらい強欲で狡猾《こうかつ》なイメージだったが、フィリアは違うということかと、カイゼルは首を捻《ひね》る。それから、ベッドへ連れていくために抱きあげた時の身体の軽さも気になった。王の妹として贅沢な暮らしをしていたとは思えないほど痩せぎすな身体は、鎖骨が浮き出ている。

「王家の人間なら豪奢な部屋にも綺麗な花にも、一流の使用人にだって囲まれて育っただろうに、わざわざ礼を言うなんて……」

そういえば彼女は、ヴィルヘイムから使用人を一人も連れてこなかった。母国から持ってきた荷物もごく少数なのか、部屋を見渡した限りでは見つけられない。代わりに目に入ったのは、すっかり枯れても大切そうに飾られた、カイゼルがやった花。

自分のことを二の次にする自己愛の薄さも、王家の者らしからぬ性格だ。

（……神聖力が低いことと何か関係があるのか？）

最後にもう一度純真無垢なフィリアの寝顔を眺めてから、カイゼルは彼女を起こさないよう慎重に立ちあがり部屋を後にする。

扉を開けると、言いつけ通りキリアンが部屋の前で待っていた。風魔法が得意な彼は、音を風に乗せて自身の耳に運ぶことも造作ない。きっと部屋でのカイゼルとフィリアの一連の会話を聞いていたことだろう。

その証拠に、キリアンは背後に音符が見えるくらいの笑顔を浮かべている。

「神聖力が低いのはとても痛いですが、健気で可愛らしい方ですよね。フィリア様は」

「臣下が騒いだら面倒だから、そのことは他言するなよ。それから、俺はどこかの駄犬と違って、まだ信用しきったわけじゃない」

「駄犬って……ひどっ。僕のことですか？」

キャンキャン吠えるキリアンに、カイゼルは呆れ返って言う。

「他に誰がいるんだ。すぐに皇妃に尻尾を振って」

「いや、本当に寝不足はきついんだって……。僕も最初の一週間は、勉強に励む彼女を、いつボロを出すだろうって監視していましたよ？　でも、見ていてもずっと熱心に勉強しているだけだから警戒しているのがアホらしくなっちゃって。陛下もご覧になったでしょう？　フィリア様の努力の証！」

確かに、フィリアの努力は目を見張るものがある。もしあれが演技なら、舞台女優にでもなった方がいい。

「陛下の魔力過多を治すために嫁いでもらった方ですけど、フィリア様なら、貴方が安らげる存在になってくれるかもしれませんね」

「……政略結婚の相手に何を期待しているんだ」

カイゼルはキリアンの胸を手の甲で叩いた。

「……キリアン。お前は引き続き皇妃のそばにいろ。それからお前の部下に、ヴィルヘイムにいた頃の彼女の様子について探らせろ」

「ええー！　僕には睡眠を取らせてくれないわけ？」

「命令だ」

不服そうに唇を尖らせるキリアンに向かって、カイゼルは強い口調で言った。

和睦が成立したとはいえ、気は抜けない。儚げで楚々《そそ》としたフィリアは、本当に見た目通り可憐なのか、それとも企みがあるのか。見定める必要がある。

簡単に油断するわけにはいかないのだ。何せ彼女は、ずっと険悪な関係だったヴィルヘイムの王家の者なのだから。

（なのに彼女から発せられた言葉すべてが、本心だったらいいと思う自分がいる）

フィリアは一体、どういう人物なのだろう。これまで結晶化した身体に対し、哀れんだり気味悪がられたことは多々あるけれど、彼女から発せられた言葉はどちらとも違った。

贈られた言の葉が蘇る。結晶化した手を、努力の証と言ってもらえたのは初めてだった。頑張った勲章だと褒《ほ》めてもらえたのは。

そんなはずないだろう。ダイヤモンドのような魔石は美しくとも、それが人間の身体に症状として現れれば、見ていて気持ちが悪いに違いない。実際、多くの者からそんな視線を受けてきたのに。けれど……どうしてか、フィリアの言葉は心からの称賛に感じられた。

それに、体調が優れないのに他人のために神聖力を使おうとするなんて。

（……信用、したわけじゃない。そうではないが……）

フィリアと接して温かい気持ちになったのは、まぎれもない事実だ。

「……明日の朝食は、皇妃と共に取る」

「え⁉　何？　仲良くする気になったんですか⁉」

キリアンは目尻の垂れた瞳を見開いて、まじまじとカイゼルを眺めた。その視線に居心地の悪さを感じながら、カイゼルは咳払いを一つする。

「勘違いするな。彼女の人柄を、俺自身の目でしっかり見定めたいだけだ」

（本当に、それだけだ）

半ば言い聞かせるようにして、カイゼルは皇宮の長い廊下を闊歩《かっぽ》していくのだった。


翌日、フィリアは身体が羽根のように軽いと感じながら目を覚ました。

（眠る前に、陛下が安眠できる魔法をかけてくださったお陰かしら）

母が事故で亡くなってから悪夢を見ることが多かったため、こんなにも頭がクリアなのは、随分と久しぶりだ。

乗っていた馬車が脱輪して崖の下に落ちたという母は、フィリアの待つ王宮に戻った時にはもう冷たくなっていた。その亡骸に縋って、ひたすら泣き暮れる自分を夢に見るのが怖くて、実はフィリアは眠るのが好きでない。

けれど今日は、怖い夢を見なかった。きっとカイゼルのお陰だ。

「おはようございます、皇妃様」

「メイリーン、おはようございます」

フィリアは朝の支度を手伝いに来た侍女に挨拶を返す。

アレンディアに来てから二週間、気さくなメイリーンとは随分打ち解けた。ヴィルヘイムにいた頃はまともに口を利いてくれる使用人が一人もいなかったため、彼女の存在はとても新鮮に感じる。

「皇妃様、敬語はよしてくださいと何度も申していますのに！」

「ごめんなさい。この方が落ちつくので……あの、何だかご機嫌ですね？」

ただでさえ見た目が小動物を想起させるメイリーンがそわそわしているので、フィリアは尋ねる。

メイリーンはテンション高く言った。

「それはもう！　だって、あの陛下が！　皇妃様と一緒にご朝食を取るとおっしゃったんですよ⁉　テンションが上がるに決まっています！」

「嘘……陛下が私と朝食をご一緒してくださるって……本当ですか？」

にわかには信じがたい内容に、フィリアは目をむく。メイリーンは浮かれた様子で頷いた。

「ええ。食堂で待ち合わせになっております」

「……っ急いで支度します！」

「お手伝いしますよ、皇妃様」

弾かれたようにベッドを後にし、フィリアはメイリーンが持ってきてくれたお湯で顔を洗う。

（嘘みたい、昨日の今日でもう一度お会いすることになるなんて）

誰かと一緒に食事を取るのはいつぶりだろうか。ヴィルヘイムにいた頃は、レイラたちと同じテーブルにつくことは一切なかった。食事は使用人と同じ物を自分で厨房まで取りに行き、部屋に持ち帰って一人で食べるよう言われていたから。

（何か粗相をしたらどうしよう……緊張する……）

けれど不安と同じくらい、気持ちが浮き立ってもいた。結婚初夜に諦めた希望……良好な夫婦関係が、もしかしたら……本当にもしかしたら、カイゼルと築けるかもしれない。昨日の彼の言動で、そう感じてしまったのだ。

（冷酷無慈悲という噂とは違って、体調を気にしてくださる優しい一面や、言葉選びが可愛らしい一面を知ってしまったから……もっと陛下がどんな方なのか、知ってみたい）

それがどういった名の感情かは分からないが、とにかくカイゼルのことをもっと知りたいと思う。たとえいつか、離婚しなくてはいけないと思っていても。

「とびきりお綺麗にしましょうね」

そんなフィリアの気持ちが伝わったのか、ドレッサーの前に落ちつきなく座る主人と鏡越しに目を合わせながら、メイリーンは微笑ましそうに言った。


食堂の磨きあげられたテーブルは、端から端までが遠い。間に置かれた燭台や花瓶を眺めながら、フィリアはそわそわとカイゼルを待つ。

彼が入室すると、フィリアは力みがちに挨拶した。

「お、はようございます、陛下。あの、本日はお日柄もよく」

「何だ、その挨拶は。まあでも確かに、遠乗りに出たくなるような天気だな」

朝にカイゼルと会うのは初めてだ。大きな窓から差しこむ朝日を浴びた彼は、髪の一筋までもがキラキラ光って神々しい。

(陛下は存在自体も、ダイヤモンドみたいに輝いてらっしゃるのね……)

人間離れした美貌のカイゼルは、食事をする姿も美しい。ソーセージをナイフで切り分ける仕草や、ナプキンで口元を拭《ぬぐ》う動作一つでも様になっている。

そしてそんな彼を食い入るように見つめていたフィリアは、ろくな会話が浮かばずにいた。

気まずい。アレンディアに来て料理の美味しさにまず感動したフィリアだったが、今日は緊張のあまりゴムを食べているみたいに味がしなかった。皇妃教育で身体に叩きこんだマナーも、マリオネットのように不自然な動きをしていては意味をなさない。

（私との食事がつまらないと感じたら、陛下はもう二度と一緒に朝食を取ってくださらないかも……）

せっかく自分以外の誰かと食卓を囲めたのに、たったの一回でおしまいは悲しい。

会話の糸口や話題が浮かばないまま、食事も終盤にさしかかる。メイリーンの気遣わしげな視線に、何だか申し訳なくなった。

フィリアが焦っている間にもカイゼルの皿はどんどん空になり、ついにはメイリーンによって、食後のお茶が彼のティーカップに淹れられる。

「皇妃様、失礼いたします」

次にこちらへやってきたメイリーンが、フィリアのティーカップにお茶を注ぐ。すると気まずい空気にあてられたのか、彼女の手元がおろそかになった。

「あ……っ」

次の瞬間、メイリーンは手を滑らせて小さな悲鳴を上げる。彼女はティーカップを、載せていたソーサーごと床に落としてしまった。

その際、一度テーブルにぶつかったせいで中の紅茶がフィリアの方にも散る。陶器の割れる耳障りな音が食堂に響き渡り、絨毯を縫うように茶が広がっていった。

「も――――申し訳ございません、皇妃様……っ。ああ、どうしましょう……！」

メイリーンは両手で口元を覆い、言葉を失くす。フィリアは視界の端に、カイゼルが勢いよく立ちあがったのが見えた。

「私は大丈夫です。ドレスは無事ですから。メイリーンこそ、火傷《やけど》はありませんか？」

フィリアは椅子を引いて立ちあがり、淡い色合いのドレスの裾を持ちあげながら確認する。

「だ、大丈夫です……！　陛下も、申し訳ございません……！」

真っ青な侍女は、何度も頭を下げてから割れたカップに手を伸ばす。しかし……。

「本当に、失礼いたしました。すぐに割れたカップを片付けますので……いたっ」

破片を掴んだ瞬間に、メイリーンは痛みに呻いて手を引っこめた。

「切ったのですか？　見せてください」

フィリアは自分もしゃがみこむと、左手でメイリーンの手を取り、彼女の指先を確認する。

すると指の腹に赤い筋が入り、そこから血が滴《したた》っていた。

フィリアはくしゃりと顔を歪める。

（痛そう……。結構血が出てる……でも切り傷だもの。これくらいなら、私でも治せるはず）

「あの、皇妃様？　大丈夫ですから手をお離しください」

皇帝夫妻の前での失態に震えが止まらないメイリーンは、気まずそうに言う。

彼女が粗相をしたのはきっと、ろくにカイゼルと会話ができないフィリアが気がかりで手元がおろそかになったせいだろうに。そう思うと、フィリアは責任を感じた。

「じっとしていてください。今治しますから。陛下、よろしいですか？」

黙って様子を窺《うかが》っていたカイゼルに、フィリアは問いかける。彼は「この侍女に神聖力を使う気か？」と逆に質問してきた。

「はい。このままでは、水仕事ができなくて困ると思いますので。メイリーン、じっとしててくださいね」

「はい……？」

メイリーンはよく分かっていなそうな顔で頷く。それを確認してから、フィリアは神聖力を解放した。

次に、淡い光がフィリアの左手から放出される。手を握られているメイリーンは、顎が外れそうなくらい驚いた顔をして様子を見守っていた。

深い切り傷は、時間を巻き戻したように塞がっていく。指の腹に走っていた傷がピッタリ閉じると、フィリアはホッと息を吐いた。

「痛みませんか？　メイリーン」

「大丈夫です。これが神聖力……皇妃様、ありがとうございます！」

感動しっぱなしのメイリーンは、フィリアを眩《まぶ》しそうに見つめて言った。

（よかった。無事に治って）

そういえば、自分は一体どれくらいの神聖力なら使いこなせるのだろうかと、フィリアはふと疑問に思う。ヴィルヘイムにいた頃は、数値が低いと言われ続けていたせいでろくに力を使用したことがなかったし、コントロールの仕方も教えてもらえなかった。

レイラは神聖力が二番目に高いというエリアーデに、つきっきりで力の使い方を教わっていたらしいが、それすら見学させてもらったことはない。

しかし、カイゼルの魔力を浄化するなら練習が必要だ。

（本で知識を蓄えるだけじゃ、十分とは言えないわ。実践しないと）

フィリアが考えこんでいると、静観していたカイゼルが呟く。

「皇妃。君も火傷を負っているようだが」

「え……あ……」

フィリアは条件反射で、利き手を後ろに隠す。実は熱い紅茶を被っていたのだが、メイリーンを気に病ませないため、バレないよう平静を装っていたのだ。

しかし指摘されると、右手の甲がジンジンと痛む。みるみるうちに赤く腫れていく手を、フィリアは困ったように見下ろした。カイゼルは器用に片眉を吊りあげる。

「自分の傷は治さないのか？　君は神聖力が低いと言っていたが、俺の症状を緩和できるくらいなら、火傷も……」

「ああ、えっと……」

フィリアは心配そうに火傷を見つめるメイリーンをちらりと見やる。視線の意味に気付いたのか、カイゼルは彼女に拭く物を持ってくるよう短く命じた。

メイリーンが退室して二人きりになると、フィリアは口火を切る。

「これは内密にしていただきたいのですが……お恥ずかしながら、神聖力の弱点と言いますか、自分の傷は癒せないんです」

治癒能力を誇る神聖力を脅威と見なしている国は多い。だから自身の怪我は治せないというデメリットを、ヴィルヘイムは知られないよう秘匿してきた。が、フィリアはこの場を切り抜ける嘘が浮かばず、カイゼルに正直に打ち明ける。

するとたちまち、彼の目つきが変わった。

（ああ、どうしよう。ヴィルヘイムの弱みを晒してしまった。アレンディアに嫁いだ身ではあるけれど、もし陛下がこれを利用しようとなさったら私は……）

嫌な想像をして、フィリアはキュッと唇を結ぶ。しかしカイゼルの反応は、フィリアが思っていたものとまったく違った。

「バカか、君は！　それを早く言え！」

椅子を引き倒す勢いでテーブルを回りこみ、カイゼルはフィリアの手を取る。

「神聖力が効かないなら、何故すぐに手を冷やさない。腫れてきているじゃないか」

「へ、え、あ……」

『水の精霊よ、我に力を貸せ』

カイゼルが何か耳慣れない言葉を発したと同時に、彼の足元に魔法陣が浮かびあがる。すると円をなぞるようにして、水が泉のごとく噴きだした。リボンのように揺れる水は、フィリアの利き手にシュルシュルと巻きつく。

（へ、陛下の水魔法……⁉　初めて見た……！）

液体なのに、まるで意思でもあるみたいだ。フィリアが呆気に取られている間に、カイゼルはテーブルをバンと一回叩く。今度は彼が叩いたところから、ダイヤモンドのような魔石がメキメキと発生し、器のような形を精製した。

（これ、陛下の結晶化と同じ……⁉　ご自身の魔力を、意図的に結晶化させたの？）

魔力が高い者にしかできない技だと、皇妃教育を始めてから読んだ本で知った。まさか実際に目にするとは。

魔法陣から湧き出た水は、透き通った魔石の器に流れこみ、タプンッと音を立てる。初めて目にした魔法にフィリアが呆然としていると、カイゼルは自身の袖が濡れるのも厭《いと》わず彼女の手を引き寄せ、器に浸す。

「呆《ほう》けているな。早く冷やせ！」

氷水のような冷たさに、フィリアは一瞬身を震わせた。けれど、熱を持った手の甲には心地いい。ジクジクと爛《ただ》れるような痛みが、少しだけマシに感じる。魔法で生みだした水だからだろうか。ちっとも温くならないのも不思議な感覚だった。

「……痛むか？　すまない、魔法に治癒能力はないんだ」

ややあって、カイゼルが痛ましそうな表情で問う。

「神聖力が自分には使えないと知っていれば、すぐに水で冷やしたんだが」

何だかカイゼルの方が苦しそうな顔をしているので、フィリアは居たたまれなくなる。

「陛下のせいではないので、謝らないでください。私が黙っていたのが悪いんです」

（それに、実は陛下、メイリーンがお茶を零した瞬間もとっさに立ちあがって、こちらに来ようとしてくれていましたよね……？）

カイゼルの優しさを、フィリアは見逃していなかった。

彼は硬い声で言う。

「無理をするな。ひどい熱を持っている」

熱を持っているのは、火傷のせいじゃなくてカイゼルに手を握られているからだ。

けれどそんなことを口にすれば、不快な思いをさせてしまうかもしれない。せっかく心配してくれたのに、手を離されてしまうかも。

それは寂しいと感じてしまい、フィリアは口を閉じる。心の中の考えは、秘密にしておこうと思った。

しばらく冷やしていた手をフィリアが器から出すと、カイゼルは火傷の具合を確かめるように覗きこんでくる。彼は首に巻いていた白いクラバットを解き、真綿で包むようにフィリアの手の水気を拭った。

まさか上質そうなクラバットで濡れた手を拭われると思わず、フィリアはぎょっと目をむいてうろたえる。

「へ、陛下⁉　陛下のクラバットが……！」

「そんなのはどうでもいい。医務官を呼ぶから手当てを受けろ。痕が残らなければいいが」

「ただの火傷ですから、平気ですよ」

水ぶくれになりかけている手の甲を見下ろし、フィリアが何でもなさそうに呟く。と、カイゼルは眦を険しくさせて説教の姿勢に入った。

「君は……っ信じられないな。軽傷の使用人を気遣う暇があったら、まず自分の心配をしろ。君の火傷の方がずっと具合が悪いぞ」

「へ……」

「返事は」

「……は、はい！　ですが、ええと……メイリーンは私の大切な侍女ですので」

「大切？　たった半月しか一緒にいない使用人がか？」

「月日は関係ありません。彼女はこの国で、初めて優しく接してくれた子ですから。それに……たとえ大勢いる使用人の一人でも、ご自身に仕える者が怪我をしたら、陛下は悲しまれるかな……と思ったんです」

フィリアはカイゼルの剣幕に押されつつも、まごつきながら言った。

「陛下は、粗相をしたメイリーンをお叱りになりませんでしたから。ご自身の周りの方々を大切にしてらっしゃるのだろうなって。だから私も、陛下の大切な人を大事にしたいと思ったんです。……陛下？　どうなさいました？」

黙りこんだカイゼルを怪訝に思ってフィリアが尋ねると、彼は口元を押さえて「何でもない」と言う。それから彼は、気まずそうにペールブロンドを掻きあげて言った。

「……君はそうやって、いつも他人を優先するんだな。昨日も寝不足でフラフラだったのに、俺の浄化を優先した」

「申し訳ありません」

「謝ってほしいわけじゃないが……もっと自分を大事にしろ。大切な人質に怪我をされては困る」

「……っはい。申し訳……いえ、ありがとうございます」

また謝罪を口にしようとすると菫色の瞳に睨まれたので、フィリアは慌ててお礼に切り替える。

これでいいだろうかとカイゼルを盗み見れば、目元を和らげた彼と目が合い、心臓が脈を飛ばした。

（気のせい？　今、心臓が……）

困る。迷惑。カイゼルはいつも冷淡な言葉を吐くけれど、行動はあまりにも優しい。

（昨日と同じだわ。陛下は私に、もっと自分を大切にするよう叱ってくださる。そんな人は、これまで一人もいなかったのに）

見た目は宝石のように冷え冷えとして冷たいけれど、陽だまりよりも温かい人。

そう確信を得たフィリアは、カイゼルに対して深い感謝の念を抱く。つっけんどんな物言いの裏に潜む優しさを、フィリアはしっかり感じ取っていた。


「うちの陛下はツンデレというやつなんですよね～」

春の日差しが温かい、麗《うら》らかな午後。芳《かぐわ》しい薔薇《ばら》が咲き誇る庭園には、そこに設置されたガゼボの椅子にかけて訳知り顔で語るキリアンがいた。

昨夜カイゼルと共に部屋を訪ねてきたキリアンは、朝食後から堂々とフィリアの護衛をするようになった。桜を思わせる髪にピアスが沢山という奇抜な見た目に反して、懐っこく気さくな彼はとても話しやすい。お陰で、大人しいフィリアでもすぐに打ち解けることができた。

それ故に、皇妃教育の休憩中、彼にカイゼルの話を色々と振っていたのだが……。

朝食での出来事を語ったフィリアは、キリアンに『ツンデレ』の定義を教えてもらい、手を合わせ納得する。

「なるほど、とっても奥深いです。勉強になります」

「うーん。反応が新鮮で癒される……いだっ？」

「ここで何をしている」

凛と張りのある声が庭園に響く。いつの間に現れたのか、カイゼルがキリアンの背後に立ち、彼の頭を小突いていた。

「陛下!? どうしてこちらに……」

医務官にフィリアの手当てをさせた後、カイゼルは公務のため早々に食堂を後にした。そんな彼に早速また会うことになると思ってもみなかったフィリアは、つい立ちあがる。


「座っていて構わない。それで、君とキリアンは何をしているんだ」

カイゼルは同じ質問を繰り返した。


「えっと……今は皇妃教育の休憩中で、キリアン様とお茶をしておりました。あ、私がお誘いしたんです。メイリーンに用意していただいたお菓子が食べきれないので、手伝っていただきたくて」

メイリーンはいつも四六時中世話を焼いてくれるし休憩中には美味しいお茶とお菓子を用意してくれるのだが、今日は別格だ。


『私、一生フィリア様についていきます……！』と侍女に宣言されたのは朝食後。

神聖力を使って傷を治癒したフィリアに多大な恩義を感じたのか、メイリーンはテーブルに載りきらないほどのお菓子を用意してくれた。

ありがたいものの、パイやシュークリーム、色鮮やかなマカロンなどの嗜好品《しこうひん》を前にすると毎回恐縮してしまう。そこでフィリアは、食べきれないのを理由にし、キリアンに消費を手伝ってもらっているところなのだった。

（本当に、ここでの生活は恵まれすぎているわ……）

「休憩か」

カイゼルがぽつりと呟く。忙しい身の上の彼だ。身を粉《こ》にして公務に励むカイゼルには、休憩している自分は怠惰に見えるだろうかとフィリアは危惧する。

けれど、カイゼルの反応は予想と違って。

「君が休息を覚えただけ進歩だな。脳を休めないと勉強も捗《はかど》らないだろう。いい心がけだ」

ニヒルな笑みを口元に刻むカイゼルに、フィリアの心臓は大きく跳ねる。またた、とドレスの上から胸元を押さえた。

「だが、火傷が治るまではペンを握るなよ。治りが遅くなる。いいな？」

「え……。ですが……」

「できるな？」

「は、はい」

コクコクと何度も頷くフィリア。その向かいで、二人のやり取りを見守っていたキリアンはニヤニヤと茶化す。

「何だかお二人とも、一晩でいい感じじゃないですか～」

すると、からかわれたカイゼルは白い目をキリアンに向けた。

「皇妃は休憩中だが、お前は職務中のはずだ。サボって茶を飲んでいたのか？　キリアン」

「ええっ。そんな、僕は話し相手を務めてただけですよー！」

「あの、お誘いした私が悪いんです。叱るなら私を」

フィリアが青くなって庇《かば》うと、キリアンは喉で笑いを転がす。

「フィリア様、陛下は別に僕を叱っているわけじゃないですよ。僕らは幼馴染で気安い関係だから、皮肉を言ってくるだけで。陛下はお優しい方だから安心してください」

「あ……はい。陛下がとてもお優しい方なのは、存じています」

フィリアは包帯の巻かれた手を撫でながら言う。

昨晩と今朝だけで、彼の温かい人柄はよく分かったつもりだ。フィリアが目尻を和らげて微笑むと、キリアンはますますニヤついてカイゼルを横目で見やる。

カイゼルはその視線を鬱陶《うっとう》しそうに無視し、咳払いをした。

「皇妃、手を」

「？　はい」

彼は利き手で懐を探り、丸いケースに入った軟膏を取りだす。そしてそれを、フィリアの手のひらに載せた。

「本題に入るぞ。俺は火傷に効く薬を君に渡しに来たんだ。朝晩欠かさず塗るように」

「私に……くださるのですか？」

「君のために用意した薬だからな。魔力のある薬草が成分に入っているから、五日もすれば痕が残らず綺麗に治るはずだ」

「……っ」

嬉しさのあまり、とっさに声が出てこない。フィリアは手のひらに載せられた軟膏を、クリスマスプレゼントを前にした子供のような瞳で見つめる。

「ありがとうございます……！　こちらは薬師《くすし》様がご用意くださったのでしょうか？　よろしければ、お礼を言いに行ってもいいですか？」

カイゼルは言葉を濁して答える。

「……君が調剤室に出向く必要はない。作った者には伝えておく」

「あ……ヴィルヘイム出身の私が、機密が保管されているかもしれない調剤室に足を踏み入れるのはよろしくないですよね」

「そうではないが」

「では何故……あ、いえ。差し出がましい真似を……。ですが、お会いするのがダメなら、せめてお礼の手紙だけでも」

「いや、必要ない。とにかく、俺が伝えておくから」

「ははーん」

二人のやり取りを微笑ましそうに見守っていたキリアンは、目尻の垂れた瞳をキラリと輝かせ、訳知り顔でフィリアに耳打ちする。

「分かりましたよ、フィリア様。この薬を作ったのは薬師じゃなくて陛下ご自身なんですよ。そうでしょう？　陛下」

「え……。そうなのですか？」

フィリアが問うと、カイゼルはギュッと眉間にしわを寄せて黙りこむ。キリアンはしたり顔で言った。

「はい、無視ー！　つまり図星ってことですよ、フィリア様！」

「本当に……？　こちらの薬を陛下が……私のためにですか……？」

飾り気のない陶器の丸いケースに入った軟膏が、フィリアには心なしか輝いて見えた。カイゼルは尻がこそばゆそうに呟く。

「別に、仕事の息抜きに作っただけだ。もし俺の調合では不安なら捨てて構わない。薬師に作り直してもらうか？」

「っいいえ、これが……！　これがいいです。嬉しいですっ。とても……！」

薬を回収しようと手を伸ばしたカイゼルよりも早く、フィリアはそれを両手で握りしめて自分の胸元に引き寄せる。

（陛下が私のために作ってくださったものだもの……無駄にしたくない……！）

人から贈り物を貰うのはいつぶりだろうか。カイゼルが忙しいスケジュールの合間を縫って、わざわざフィリアのために調合してくれたのだと思うと心が満たされていく。

「……これがいいんです。陛下が作ってくださったものですから」

フィリアの強い意志を受け取ったのか、カイゼルは切れ長の目をパチクリさせると、ふっと微笑む。その笑みが優しくて、フィリアは胸が高鳴るのを自覚した。

「そうか。……塗るから、手を出せ」

どうやら、カイゼルが直々に塗ってくれるらしい。驚嘆するフィリアの手から軟膏をひったくった彼は、キリアンに代わって椅子に座ると、器用に親指で蓋を開けて水っぽい透明の軟膏を掬《すく》う。

「そんな、陛下の手を煩わせるわけにはいきません。自分で」

「いいから甘えておくべきですよ、フィリア様」

恐縮するフィリアに、キリアンが後ろから茶々を入れる。フィリアは男性陣二人を交互に見てから、ここは素直に甘えた方がよさそうだと思い、巻かれている手の包帯を解いた。

「……水ぶくれ、破けてしまったんだな」

爛れて赤くなった手を一瞥《いちべつ》したカイゼルは、羽根が掠《かす》めるような優しさで軟膏を傷口に塗りこむ。ひんやりとした涼感と一緒にピリッとした痛みが走って、フィリアは片目を瞑った。けれど、寸でのところで手を引っこめるのは我慢する。

「……早くよくなれ」

「ありがとう、ございます」

（薬は沁みて痛いのに……変だわ。陛下に触れられるとドキドキして、落ちつかない）

フィリアは頬が熱を持っていくのが分かった。大きな手に触れられると緊張するのに、安心もしてしまう。政略結婚で結ばれただけの相手なのに。

（どうしてこんなにお優しいの……）

「反応が初心《うぶ》で可愛いですよね～。ね、陛下」

「……キリアン。お前はどこかに行ってろ」

カイゼルとキリアンのやり取りも、新鮮だ。母国にいた頃は冗談なんて口にしたこともなければ、耳にする機会もなかったから。

ここは楽しい。作り笑いじゃなくて、時折心から笑えている自分がいることにフィリアは気付く。

「陛下」

「何だ」

「ありがとうございます」

「またか？　君は謝罪と礼が多いな」

今度のお礼は、薬に対してではなく、自分を自然と笑顔にしてくれることに対してなのだけれど。それを口にはせずに、フィリアは笑みを刻む。

アレンディアに来てから何不自由ない生活を送らせてくれているカイゼルのために、皇妃としてできることはすべてしたいという気持ちが、以前にも増して膨らんでいくのが分かる。

義務じゃなくて、自主的に、何かできることをしたいという気持ちが。

(ここまでしていただいても、私が陛下にできることは限られているわ……。何かお礼をしなくちゃ。低い神聖力で、ほんのちょっとでも陛下の魔力過多を軽減できたらいいのだけど……)

できることといえば、浄化しかない。フィリアはらしくもなく、勢いに任せて切りだした。

「陛下、今夜お時間がありましたら、浄化をさせていただきたいのですが……」

勇んで提案したフィリアに、カイゼルはピタリと手を止める。たちまち、穏やかな空気は溶けて消えてしまった。

紫水晶を彷彿とさせる目を三角にした彼は、厳しい表情でフィリアを睨む。

「……っだから君は、どうして無茶をするんだ。怪我をしている皇妃に、そんな無理を強いるわけがないだろう」

しかし、叱るような口調で浄化作業を断られたフィリアを襲ったのは困惑だった。

「ですが……無能の私にここまでしていただいて……何かお役に立てなければ、私にはここにいる価値がありません……」

無価値な自分には居場所などない。それはヴィルヘイムにいた頃、散々植えつけられた価値観だった。無能では、息をする権利もないと言わんばかりに虐げられてきたフィリアにとって、何もせずにいることなどできない。

「浄化がダメなら、何か用事を言いつけてください」

フィリアはできるだけ、感じのいい笑顔を意識して言う。

「皇妃」

「おっしゃってください。何でもいたしますので――――」

「皇妃、何を恐れている？」

ふと視界が陰り、フィリアが不思議に思って顔を上げると、カイゼルが整った顔でこちらを覗きこんでいた。両頬を大きな手で掬いあげられたフィリアは、驚きで息を止める。

「教えてくれ。何が怖い？」

「…………は」

（どうして、この方は、分かるの……？）

笑顔を取り繕《つくろ》っているはずなのに、どうして彼はフィリアが恐れていると気付いたのだろうか。見抜かれたことに対する動揺から、つい瞳を揺らしてしまう。

「価値なんて、誰が決めた。少なくとも俺は、君が役に立たなくとも、そんなことで失望したりはしない」

「……っ」

（――不思議……。息が……）

身の回りに酸素は溢れているはずなのに、フィリアは初めて、深く息が吸えた気がした。

ずっと、浜辺に打ちあげられた魚のように息がしづらかったのに、今はこんなにも息がしやすい。

フィリアに期待していないから失望もしないのかもしれない。そうかもしれないけれど、皇宮に来てからカイゼルは一度も、フィリアを無能だと、役立たずだと口にしたことはない。

神聖力が低いと知っても、何も態度は変わらなかった。ヴィルヘイムの王宮にいた人間のように、蔑《さげす》んだ目を向けてきたことはない。

「分かったら、火傷が治るまで安静にしていろ。できるな？」

まるで、小さい子に語りかけるみたいな口調だ。今度は素直に頷くと、カイゼルは仕方なさそうに微笑を浮かべる。その淡雪みたいに儚い笑みが、フィリアにはとても輝いて見えた。

「俺はもう行く。ああ、そうだ。……時間がある時は、これからも君と共に食事を取る。回数を重ねれば、今朝みたいにガチガチに緊張することもなくなるだろう」

「……！　よろしいのですか？　私、特に面白いことも、気の利いたことも言えませんのに」

「それは俺もだろう。元々食事中に会話が多いタイプじゃないんだ。それに俺は君に、接待をしてほしいわけじゃない。のびのびしていればそれでいい」

（のびのび……）

やはりカイゼルは時々、言葉選びが可愛らしい。けれどそんなことよりもフィリアの心が温かくなった理由は……。

（陛下は神聖力が低い私でも、のびのびとしていたらそれでいいと言ってくださるのね）

出来のいい異母妹のレイラを望んだり、フィリアに失望したりしない。役に立たなくても、そばに置いてくれる。それが自分にとってどれだけ嬉しいことか、カイゼルは知らないだろう。

（キリアン様に教えていただいた通りだわ。陛下はツンツンしているように見せかけて、とっても優しい方。陛下といると、胸が温かくて満たされた気持ちになるのは何故かしら）

遠い昔、母を亡くしてからずっと忘れていた幸せが、呼び起こされたみたい。

（どうしよう。私、陛下のことをまだよく知らないのに。神聖力が低い私はここにいるべきではないのに）

ここが居心地がよいと感じ始めている自分に、フィリアは戸惑う。けれどこれからも彼と食事を取れることは純粋に嬉しくて、つい笑みが零れた。

「……医務官に包帯を巻き直してもらってこい。侍女に付き添ってもらえ」

はにかむフィリアを見たカイゼルは、複雑な表情を浮かべて言う。

言われるがまま席を立つフィリア。その後ろ姿を見送るキリアンは、カイゼルに向かって機嫌よく言った。

「あ〜本当に可愛いですよね。フィリア様」

「……キリアン」

「はいはい。陛下はまだ完全に警戒を解いたわけじゃないんでしょう？　確かにヴィルヘイム出身とは思えないほど純粋だから疑いたくなる気持ちは分かりますけど。それに、てっきり王族なら神聖力が強いものだと思っていましたが、例外もあるんですね」

「そのせいで、虐げられてきたのかもな」

「えっ⁉　そうなんですか？」

瞠目するキリアンに、カイゼルは肩を竦める。

「お前の部下からの報告を聞くまでは分からないが、あの華奢な身体や言動を見ているとどうもそんな感じがしてな。勘違いだといいんだが」

侍女と合流して庭園を歩く妻の姿を眺めながら、カイゼルは呟く。自分のことについて語られていると知りもしないフィリアは、貰った薬を大事に抱えていた。


それからというもの、カイゼルは毎日、フィリアに薬を塗るため訪ねてくるようになった。何でも、フィリアが皇妃教育に熱中しすぎて薬を塗り忘れないよう警戒してのことらしい。

自分はそこまでぼんやりしているように見えるのだろうか。確かに読書に没頭しすぎてカイゼルの訪問に気付かなかったことも数回あるので言い返せないが。

「本に齧《かじ》りつきすぎだ」

そう言って本と目の距離が近いフィリアをたしなめるカイゼルの呆れ声は、耳に心地よい。皇帝が手ずから塗ってくれることに最初は恐縮していたものの、彼との時間は穏やかで優しかった。

そして――――。

「治った……！」

フィリアは綺麗に完治した手を、シャンデリアの光にかざしながら喜ぶ。同時に、これでまたカイゼルと一緒の時間は食事だけになるのかと思うと少し寂しくなった。

（陛下はわざわざお忙しい中、私のために魔法薬を用意してくださったのだもの。全快した今度こそ、私も陛下のために何かしたいわ）

自分がカイゼルのためにできることはしれている。皇妃として彼を支えること、そのために知識をつけること。そして、弱い神聖力をコントロールし、カイゼルの魔力過多を緩和することだ。

「そろそろ動かなくちゃ」

（陛下は役に立たなくても失望しないと言ってくださったけれど、私が陛下のために何かしたいもの）

不思議だ。初めは母の愛した母国を守るため、そして次は皇妃の務めを果たすための行動だったはずなのに。今は純粋に、カイゼルの役に立ちたいという思いが強い。

両親以外で初めて、自分に失望しなかった人。自由に生きてもいいと思わせてくれた人。そんな彼に、報いたい。

フィリアはそんな気持ちを胸に、何度目かとなる朝食の席でカイゼルにお願いをしてみた。

「特訓がしたいだと？」

カイゼルはスープを飲む手を止めて、フィリアに聞き返す。

「はい。神聖力をコントロールする練習がしたいんです。陛下の魔力過多の症状を和らげるために」

「……皇妃教育で忙しいだろう」

「大丈夫です。皇妃教育は疎《おろそ》かにしませんから、その傍らで、どうか訓練をさせていただけませんか？」

「誰もそんな心配はしていない。お願いがあるというから何かと思えば……もっとドレスや宝飾品が欲しいとかかと」

「必要ありません」

フィリアは矢継ぎ早に言った。

「今だってクローゼットに入りきらないほどのドレスを用意していただいて、国庫を圧迫しているのではないかと心配で」

「…………はぁ。君は本当に……」

カイゼルはサラサラのペールブロンドを掻きあげる。アレンディアに来てから、彼に失望はされてなくとも、呆れられている姿はよく目にするなとフィリアは思った。

「訓練しすぎて、また寝ないつもりか」

「ね、眠ります！」

「どうだか。……俺のために君が努力してくれるのはとてもありがたいが……君はどうもすぐ無茶をするからな」

「気をつけます。……ダメ、でしょうか？」

フィリアは上目遣いでカイゼルを見上げる。月のような色の瞳を潤ませて返事を待っていると、一拍置いてから彼は「……分かった」と短く答えた。それから、壁際で二人の会話を見守っていたキリアンに声をかける。

「キリアン。皇妃が無茶をしないよう見張れ。もし危なっかしいと感じたら止めろ。傷一つ負わせるなよ」

「うわ、過保護～」

「キリアン」

鋭い眼光に睨まれたキリアンは、両手を上げて降参のポーズを取る。

「分かりましたよ。僕が責任を持ってフィリア様のことを見守ります。っていうか、いつも見守っているし」

「……陛下、ありがとうございます。キリアン様も、よろしくお願いいたします」

フィリアはテーブルに額を擦《こす》りつけそうな勢いで頭を下げる。すぐに訓練場所に案内するから準備をするように言われ、フィリアは従った。


朝食後。動きやすいよう髪を高い位置で束ね、ヒールのないブーツに履き替えたフィリアは、カイゼルに案内されて皇宮の北にあるエリアを訪ねた。いつもは皇妃の部屋がある中央宮殿にいるため、その区画から出るのは初めてだ。

道中あまりに人とすれ違わないことを疑問に思いつつも、フィリアは歩く。明澄な空気が美味しく、瑞々しい草木につい目を奪われてしまう。アレンディアにしか生息しない魔法植物だろう。どんな効能があるのかと想像するだけでワクワクした。

「皇宮内には植わっていないが、魔法植物の中には誤って摂取すると命に関わるような毒性の強いものも存在するぞ」

フィリアの浮かれた空気を察したのか、カイゼルから注意が飛ぶ。

「そ、そうなのですか？」

「ああ。さあ、着いたぞ、ここだ」

「わあ……っ。皇宮内に、こんな場所があったんですね……」

着いた場所は土の匂いが香る広々とした草原で、遠くに森が見えた。さらに、動物を囲うための柵が点々と存在している。まるで牧場だ。四方に石造りの高い塔もある。

「皇妃、こっちだ」

先導するカイゼルは、フィリアに声をかける。監視役のキリアンは、今日も二人の後ろをついて歩いていた。

「ここは……？」

カイゼルに連れられるまま、厩舎《きゅうしゃ》のような建物が連なるエリアに足を運んだフィリアは、興味深そうに周囲を見回しながら尋ねた。

「魔獣舎だ。魔力過多に侵された魔法生物を、皇宮内の森や草原で管理している。国でも有数の魔法士たちが、逃げないよう彼らを結界魔法で抑えつけている状態だ。皇妃、動物は平気か？」

「大丈夫です。あの、魔法士の方々はどちらに？　ご挨拶を……」

「必要ない。あいつらは基本的に塔に籠って結界を張っているからな」

「そうなんですね」

そういえば、フィリアはこの国に嫁いでから、カイゼルとキリアン、そしてメイリーンと家庭教師としか接していない。もちろん使用人の気配はそこかしこに感じるが、不思議と彼らにすれ違わないのだ。

そんなことを考えつつ、柵で魔法生物が区画された魔獣舎の中に入る。中は天井が高く、採光用の窓からは燦燦《さんさん》と陽の光が注いで明るい。あちこちから獣の鳴き声が聞こえ、フィリアは感嘆の声を漏らした。

右を見れば全身に暗緑色の毛を生やした、丸まった長い尾を持つ犬のような生き物が、左を見れば、焚き火の中でゴソゴソと蠢《うごめ》くトカゲのような生き物がいる。

「私、魔法生物は初めて見ます……」

破魔の力を持つ民が住まうヴィルヘイムには、魔法生物はほとんど生息していない。フィリアは未知の生き物たちを、初めて子犬を見た赤子のようにキラキラした目で眺める。

「こちらでどんな訓練をすればよいのですか？」

「ああ。魔法生物の魔力過多を、神聖力で治してみてくれ」

手近の柵の中、止まり木で羽を休めている不死鳥《フェニックス》を、カイゼルが口笛で呼び寄せてフィリアに渡す。

「え……わ、わっ？」

「神聖力のコントロールを練習したいなら、まずは小さい生物の魔力を浄化することから試してみるといい」

フィリアは肩に止まった行儀のよい不死鳥をまじまじと眺める。つぶらな瞳が可愛らしく、燃えるような色をした赤い羽が鮮やかで、それが頬に擦れる度にくすぐったい。

不死鳥が甘えるように頭を頬に擦りつけてきたので、フカフカした肌触りにフィリアはつい笑顔が零れてしまう。

「……可愛い」

「君がな」

「え？　何かおっしゃいましたか？」

気のせいだろうか。フィリアがカイゼルの様子を窺うと、彼は口元を押さえてそっぽを向いていた。そんなカイゼルを、キリアンがにやついた顔で見ている。

「陛下……？」

「隣の魔獣舎にはユニコーンやペガサス、さらに奥にはグリフォンもいる。練習を積んでコントロールが上手くなったら、大きい生物にも挑戦するといい。ただし、無茶はするな。中には獰猛な魔法生物もいるからな」

カイゼルが早口で言う。フィリアは肩に止まった不死鳥を腕に移しながら返事をした。

「分かりました。……貴方の魔力過多を治せるよう頑張るから、仲良くしてね」

フィリアが頬をそっと撫でると、言葉を理解しているかのように不死鳥は鳴く。

「魔力過多に侵されている魔法生物は気性が荒くなるんだが……どうやらこいつは、君のことが好きみたいだな」

カイゼルは感心したように言う。

「君の優しい性格が分かるのかもしれない」

「え……そんな、優しくなんて」

褒められ慣れていないフィリアは、すぐに照れて赤くなってしまう。真紅の羽毛が美しい不死鳥と同じ色に頬を染めるフィリアに気付いたカイゼルは、

「どうした?」

と顔を覗きこんできた。

神話に出てくる神々のように整った顔立ちの彼は、フィリアを褒めた自覚がないのだろうか。

(私だけが、陛下のことを意識してしまっているのかしら)

だとしたら、カイゼルは罪作りだと思う。フィリアはそう感じながら、特訓に勤しむこととなった。

第三章　愛を知ってしまったなら

フィリアがアレンディアで穏やかな日々を過ごし始めた頃、ヴィルヘイムでは動きがあった。

王宮の食堂に、レイラの驚嘆した声が響く。

「お兄様、アレンディアとの和平条約を祝して、友好パーティーの開催を打診したって本当なの？」

「ああ」

ユーリは頷く。

「まだ先の話になるだろうけどな」

「嘘～じゃあ、その頃にはもうフィリアお姉様なんて、捨てられちゃってるんじゃない？」

レイラはクスクスと小馬鹿にしたように笑う。

「カイゼル陛下が結婚式で、結晶化した指を晒したそうじゃない。おそらくお姉様の神聖力ですぐに症状が治まると踏んで弱点を見せたのでしょうけど……今頃無能なお姉様に怒って、斬りつけてるかも」

ユーリは押し黙る。兄が無言でも、レイラはまったく気に留めずに聞いた。

「開催場所はアレンディア？　気になるからパーティーには私も参加するわ。お姉様を馬鹿にするチャンスだもの！　お母様もご参加なさるでしょう？」

　レイラが話を振ると、エリアーデはナイフで肉を切る手を止めて言った。

「そうね。哀れな皇帝夫妻を見るのも楽しいかもしれないわ」

「……では先方からの返事を待ちます」

　ユーリは俯き、スープ皿にスプーンをつけて弄《もてあそ》ぶ。冴えない彼は、母と妹が聞き取れないよう、蚊の鳴くような声で呟いた。

「僕の長年の目的を、絶対に果たしてみせる」と。

　その横顔は、ひどく思いつめたものだった。


　ヴィルヘイムで行われているやり取りなど露知らず、フィリアが魔獣舎で特訓を始めてから一週間。カイゼルは彼女に一度しか会っていなかった。

　しかも朝食の席で三十分だけだ。ここ数日、皇都の東にある白い森に凶暴な魔物が出るという報告があり、把握と対処に忙しいせいである。

　事態は割と深刻で、実はフィリアに内緒でキリアンを討伐に参加させているくらいだ。彼女が家庭教師の元で皇妃教育を受けている間にキリアンは睡眠を取り、逆にフィリアが就寝中の夜に彼は討伐に出ている。

　カイゼルとしてはフィリアの監視に専念させたかったところだが、背に腹は代えられない。

深夜は魔物の行動がより活発化するので、師団長であるキリアンの協力は必須だ。そして、何なら国で一番魔力が高い自分も。

カイゼルは公務と並行し、騎士団を率いて討伐にも向かっている。そのせいで、余計にフィリアと会う時間が取れなかった。しかもこのタイミングで、ヴィルヘイムの王ユーリから和平条約を祝して友好パーティーを開催する提案をされている。

（両国の和睦を印象づけるいい機会だ。断る理由はない。が、まずは魔物問題の解決が先だ）

様々な問題を抱え、カイゼルの疲労はピークに達する。

「……っち」

そして疲れが蓄積することで、またしても手の結晶化が進んでいる。黒手袋の下、強張る手を忌々しく思い舌を打ったカイゼルは、ふとフィリアに言われた言葉を思い出す。

「努力の証、か」

必死に訴えるフィリアの姿を頭に浮かべると、鉛でもぶら下がっているかのような手の重みを、一瞬だけ忘れてしまう。

不思議なことに、彼女の言葉は、どうしてかいつも自分を癒してくれる。濃い隈をこさえるほど努力しているフィリアに、自分の頑張りを認められたからだろうか。

高い魔力を駆使して他国の侵略を阻止し、多くの民から望まれ若くしてアレンディアの皇帝になったことに後悔はなかったが、宝石のように固まった手を見る度に心が軋《きし》んでいた。

人間じゃない、と言われているみたいで。

民のために魔力を使えば使うほど、醜い姿になっていくことに薄ら寒い気持ちさえ覚えた。

けれどフィリアは……決して油断してはいけないはずの国から嫁いできた彼女は。

言葉によって、荒《すさ》んだ気持ちを掬いあげてくれた。あれは神聖力以上に、心の強張りをほぐしてくれたように思う。

カイゼルは、風に揺れる野花のように可憐に微笑むフィリアの姿を思い浮かべる。

「……顔を見に行くか」

神聖力のコントロールが順調かも気になることだし、と適当な理由をつけたカイゼルは、討伐帰りで土埃を被ったマントを外すこともなく、フラフラと魔獣舎の方へ足を運ぶ。

カイゼルの近況は、キリアンからフィリアの耳に届いているはずだ。

（会っていない間、皇妃が随分俺のことを心配しているとキリアンから報告を受けたが……どうだかな）

夕暮れ時の草原をブーツで踏みしめながら、カイゼルは首を巡らす。遠くで、魔法生物たちの鳴き声が聞こえた。

目当ての人物は魔獣舎の中にいるのだろうか。そう思っていると、草原の中、夕日を受けて稲穂色に染まったユニコーンと戯れるフィリアの姿を見つけた。

藤色の髪を踊らせて一角獣と戯れる彼女は、純真という言葉を体現したかのようだ。肩にのしかかっていた疲れが、溶けるようになくなっていくのを感じる。

「陛下……？　こんばんは。討伐からお戻りになられたのですか？　お帰りなさいませ」

こちらに気付いたフィリアが、稲穂のような黄金色の瞳を輝かせる。

喜色に満ちた表情に、待ちわびていたと言われているみたいでカイゼルはぐっと詰まってしまう。

一番星が瞬き始めた空の下、フィリアはカイゼルに駆け寄ってきた。その後を、ユニコーンが甘えるように追ってくる。

「すごいな、もうユニコーンの魔力過多まで治せたのか？」

「ユニコーンだけじゃありませんよ。陛下」

フィリアとユニコーンの後を小走りで追ってきたキリアンが、明るい声で言った。

「フィリア様は魔獣舎にいた魔法生物をすべて、治療してくださったんです。もちろん定期的な浄化はこれからも必要になると思いますが、一旦症状が引いたんですよ！」

「……何？　……本当か？　たったの一週間で、すべてだと？」

「いえ、大したことはしていなくて……」

フィリアは恐縮して言う。

「多分、魔獣舎にいた子たちは、それほど魔力に侵されていなかったのかと……」

そう言うフィリアの手にスリスリと擦り寄るユニコーンは、艶々と輝いている。魔獣舎に隔離されている魔法生物たちはひどい魔力過多に苦しみ、中には自身の毛をむしる個体もいた。

ユニコーンもそのうちの一頭だったと、カイゼルは記憶している。

「いや、ここにいる個体たちの症状は重かったはずだ。他の専門施設では管理が難しく、野生に返すことも困難だと判断した個体をここでは管理していたから……」

（どういうことだ……？）

「……皇妃」

カイゼルは結晶化していない方の指を曲げ、フィリアを手招く。

「皇妃。君は本当に神聖力が低いのか？」

「……？　はい。神殿でそう鑑定を受けました。共に鑑定を受けたレイラの足元にも及ばないと」

「どこの神殿か分かるか？」

「ヴィルヘイムの王族は代々、タリズ神殿で鑑定を受けます」

フィリアの言葉を受け、カイゼルは神殿の名前を復唱する。

「タリズ神殿、な……」

「陛下？」

「……いや、よくやってくれた」

不思議そうな表情を浮かべるフィリアの小さい頭を一撫でする。

するとあからさまに、彼女は頬を染めた。初心な反応を受けたカイゼルは、つい撫でてしまった手を引っこめる。

（くそ、つい……）

キリアンにからかわれるかと、カイゼルは身構える。しかしこの一週間フィリアの奮闘を目の当たりにしてきたキリアンは、いまだ興奮冷めやらぬ様子で言った。

「いやあ、それにしても本当にすごいなぁ、神聖力って。僕たちにはない力だからそう思うんですかね？　神聖力の低いフィリア様でこの成果を上げられるなら、ヴィルヘイムで一番の実力者って、どれだけすごいんでしょう」

「ヴィルヘイムで一番神聖力が強いのは、妹のレイラですが……」

フィリアは少し沈んだ声で答えた。

「私は妹が神聖力を使うところを見たことがないんです。能力の低い私には見せる価値もなければ、神聖力は安く振りまくものでもないと言われてきたので」

「えぇー。我が国で一番魔力の高い陛下なんて、各国に実力を知らしめて牽制しまくってるのに？」

キリアンの軽口に、フィリアは困ったような笑みを返す。

カイゼルはしばし考えこんだ。

（……国で一番の神聖力を持つ者が、強大な力を周囲に見せないことなど、あるだろうか）

ヴィルヘイムは代々男が王位を継ぐから、女であるレイラが力を周りに示す必要はないと考えてのことだろうか。だが……。

「キリアン。お前の部下に、早く報告を寄越すよう急かせろ」

カイゼルはフィリアに聞こえないよう、小声でキリアンに命じる。険しい顔をした主人に何かを感じ取ったキリアンは、「御意」と短く答えた。

「ピーちゃん、ご飯の時間ですよ」

目が覚めるような紅色の羽が美しい不死鳥は、フィリアの声に歌うような返事を寄越す。魔獣舎で保護されていた子だ。

「ふふ、本当に可愛い」

魔獣舎にいた魔法生物の中でも特に懐いてくれた不死鳥は、フィリアが中央宮殿に戻ろうとする度に寂しがって鳴くので、それを食事の席でカイゼルに伝えたところ……。

「じゃあ、君が嫌じゃなければ部屋で面倒を見たらどうだ」

という返事が来た。

彼の言葉にフィリアは目が零れ落ちそうなくらい驚いたが、すぐに不死鳥を飼うことに決めた。そしてその晩に、カイゼルがメイリーンを通して金の大きな鳥かごや止まり木を寄越してくれたことにはもっと驚倒《きょうとう》した。

彼自身は、フィリアが不死鳥に『ピーちゃん』というセンスの欠片《かけら》もない名前をつけたことの方が驚いていたが。

（陛下からは皇帝専用の書庫に入る許可もいただいたし、ピーちゃんを飼う許可まで……与えられすぎてるわ）

嫁ぐ前には想像できなかったくらい、恵まれた生活を送っている。

フィリアは餌の木の実を突《つつ》く不死鳥を眺めながら、カイゼルの厚意に甘えるばかりではなく、自分も努力しなくてはと気を引きしめた。

（一つ、考えたことがあるわ）

一週間かけて魔法生物の浄化を試みたフィリアは、ある仮説を立てていた。

それは、対象と触れる面積が大きいほど、神聖力の効きがいいというものだ。これは身体の大きなグリフォンの浄化を試みた時に感じたのだが、暴れられたのでとっさにしがみついてしまうと、いつもよりも効果を発揮した。

もちろん、たまたまかもしれない。大きな生物を相手にするためにより集中力を高めていたので、効果が強かった可能性もある。けれど、その後に八本脚の馬であるスレイプニルを浄化した時も、ただ手のひらで触れるだけより背に乗って密着した方が効果が高かった。

（だから……陛下の浄化は、いつも手を握って行っているけれど……本当は、だ、抱きしめ合って行った方が、効果が高いかもしれない……）

そこまで考えて、フィリアは熟れた果実のように真っ赤になった。夫婦なのだからハグをしてもおかしくないのだが、自分とカイゼルは、結婚式以来キスすらしていない。よって抱擁《ほうよう》も、フィリアにとってはそびえ立つ山脈のようにハードルが高かった。

（か、確証があるってほどではないもの。浄化のためとはいえ、陛下にいきなり抱きつくなんて……迷惑になるわ。ダメよ、フィリア）

別にカイゼルと抱き合わなくても、浄化は行えるのだし。それに、もう一つ気付いたことがある。

フィリアは薄い手のひらをじっと眺める。

アレンディアに神聖力を持つ人はいないため比べる対象がないけれど、ここに来て特訓を積んだお陰か、力が増した気がする。

ヴィルヘイムにいた頃は抑圧されていたので、委縮して本来の力が発揮できていなかったのではないだろうかと思うほど。

（それでも、レイラよりずっとずっと劣っているだろうけど）

たとえ僅かでも、ここに来た頃よりは神聖力が強くなったことが嬉しい。フィリアはそう思った。

そしてそんなフィリアを監視する目玉が二つ。

「百面相ですね、フィリア様」

「え、あ……っ。も、申し訳ありません、キリアン様」

気付けば目の前に甘いマスクのドアップが広がっており、フィリアは吃驚《びっくり》してのけ反った。

近頃、長時間の皇妃教育中はキリアンの気配を感じないのだが、こうして休憩中やお茶の時間になると彼はどこからともなく姿を現す。

口元のフープピアスを揺らしながら、キリアンは穏やかな口調で言った。

「いやいや、可愛らしくて癒されました。ここに来てすぐの頃より、表情が豊かになりましたね」

「お恥ずかしいです……」

フィリアは頬を押さえて縮こまる。

いつも笑顔でいるよう心がけているが、とうとう自分は監視されていても考え事をし、表情をコロコロ変えてしまうようになったみたいだ。

これがもしエリアーデやレイラの前ならば、聞くに堪えない罵詈雑言を浴びせられたことだろう。

フィリアはニコニコと笑みを浮かべたキリアンにもう一度謝る。

「もしかして、私に話しかけておられましたか？」

「ええ」

「ごめんなさい、ボーッとしていました……。よろしければ、もう一度お話ししていただけますか?」

フィリアが頼むと、キリアンは快く話しだす。今度はしっかりと彼の話に耳を傾けた。

「フィリア様の神聖力のコントロールについて、僕から今後の提案があるんです。というのも、獣と人間の浄化じゃやっぱり、勝手が違うと思うんですよね」

「へ……」

「もちろん、フィリア様がコントロールを練習する第一段階としては、魔法生物の浄化が最適だったと思います。けど、次のステップに移行するなら、今度は人間がいいと思うんですよ」

「なるほど……?」

饒舌《じょうぜつ》に語るキリアンの話に、フィリアは真面目に相槌を打つ。しかし頭の中には疑問符が浮かんでいた。つまり、どうすればよいのか。分からないフィリアは、彼の続きの言葉を待つ。

「ということで、フィリア様」

キリアンは整った顔に満面の笑みを浮かべて提案した。

「皇都にある療養所で、神聖力を使い、患者の治療を行ってくれませんか?」

「え……え?」

「これは騎士団の師団長を務める僕からのお願いでもあります。どうか力を貸してください」

「え、あの、キリアン様?」

(患者様の治療?)

フィリアは頭を下げて頼みこむキリアンをまじまじと見つめる。そのタイミングで、食事を終えた不死鳥がピイイと高らかな声を上げた。


その晩、フィリアは自室のソファに座り、カイゼルの浄化にあたっていた。

前回と同じように、手を握って神聖力を吹きこむ形でだ。黒手袋で隠れない手首までがダイヤモンドのように硬化していたため、フィリアは必死になってカイゼルに神聖力を送る。

徐々に肌色を取り戻していく手首を見下ろしながら、カイゼルは呟く。

「助かった。馬の手綱を握るのに苦労していたんだ。ローレイの薬草茶じゃ、魔力過多の進行を遅らせることしかできないから」

「そうなのですね。お役に立てて嬉しいです。いまだに全部は治せませんが」

「ああ、とりあえず手首が動けばいい」

フィリアはカイゼルの手からそっと手を離す。彼が手首を回す様子を見て安堵の息を吐くものの、結晶化は徐々に広がりつつある。

（もっと、訓練を積まなきゃ）

フィリアは昼間にキリアンから提案された話を思い浮かべ、躊躇《ためら》いがちに切りだす。

「陛下の結晶化が進んでいるのは、白い森に沢山出没している魔物を討伐しているせいなのですか？」

何でもアレンディアでは、魔力の濃い場所に魔障と呼ばれる瘴気が発生するそうだ。魔法生物はそれに当てられやすいらしく、中には正気を失い魔物と化してしまう個体もいるのだとか。

アレンディアの民は四大元素を生みだす魔法が使えるため、資源に困らず恵まれた国だと思っていたが……実際は高すぎる魔力によって結晶化に苦しむカイゼルや不調を起こす魔法生物もいれば、魔障に侵された魔物が出没するなどの問題も多いようだった。

「キリアン様からお聞きしましたが、ここ最近、ずっと公務と討伐を並行して行っておられるのですよね。その、少しお休みになられては……」

普段から膨大な魔力を抱えて身体に負荷のかかった状態の持ち主が肉体的、もしくは精神的に消耗すると、魔力過多の進行は速くなる。多大な魔力を支える体力や気力がなくなり、身体が侵されてしまうからだ。

「まさか君に休むよう説教されるとはな」

「説教なんてとんでもありません……！」

フィリアが飛びあがって謝ると、カイゼルは「冗談だ」と告げる。

「俺が討伐隊に加わるのは、魔力が高いというのもあるが……一番の理由は、士気が高まるからだ。皇都にある白い森には元々、草食動物しかいなかったんだが、最近は餌を求めてフェンリルの群れが住処《すみか》を移してきてな。魔物化した奴らが結界を破って市街地に出没する前に討伐しようと、手を焼いてるんだ。そのせいで騎士団では怪我人が続出していて、退団希望者が出ている」

そんな騎士団の面々を盛りあげるために、カイゼルは皇帝でありながら時間が空けば討伐に参加しているという。

「部下が危険な目に遭っているのに、俺だけ安全なところでふんぞり返っているわけにもいかないだろう？」

カイゼルは菫色の目を細め、挑発的に笑う。絵画のように綺麗な顔をした彼が初めて見せる表情に、フィリアはドキリとした。鼓動の速くなった胸をドレスの上から押さえながら、先ほどキリアンから提案された内容を思いきって告げる。

「騎士団は討伐に駆り出されることが多く、常に怪我人が溢れている状態で、皇宮はもちろん皇都にある療養所のベッドも空きがないとキリアン様にお聞きしました」

「そうだな」

「魔法には治癒能力がありませんよね？　ですから、その……私の神聖力で、怪我した方々を治療させていただけませんか……？」

もちろん、神聖力の低い自分では治療できる範囲などたかが知れている。もしかしたらかすり傷程度しか治せないかもしれない。けれど、できることなら何でもしたいとフィリアは思った。

（陛下のお力になりたい……！）

「キリアン様に、神聖力のコントロール訓練の一環としてどうかと、ご提案いただいたんです。力を貸してほしいと」

「あいつが？」

「はい。おそらくキリアン様は私につきっきりで討伐に参加できないことを、もどかしく思って提案されたのではないかと」

「いや、あいつは」

「それで私も、お役に立てるなら是非と……思って……」

緊張を誤魔化すようにドレスのスカートを握ったり離したりしながら、フィリアはカイゼルに視線をやる。そこで、彼が眉根を寄せていることに気付き手を止めた。

フィリアは察する。カイゼルは、露骨に難色を示している。

「陛下……？」

カイゼルの役に立てるかもしれないと風船のように膨らんでいた期待が、みるみる萎《しぼ》んでいく。眉毛が知らず、下がっていった。

「ご迷惑、でしたか……？　出過ぎたことを申しました。申し訳……」

「いや、君の申し出はありがたい」

すらりと鼻筋の通ったカイゼルの横顔は、依然として厳しい。表情と合っていない言葉に、フィリアは胸の前で手を握る。

「……ですが」

自分にもできることがあるかもしれないと浮かれていた頭は、冷や水を浴びせられたように冷静になっていた。優しくされて失念しかかっていたけれど、自分は和睦のための人質としてアレンディアに嫁いできたのだ。そんな形だけの妻が、皇宮から出て大事な民と交わろうとすることを、カイゼルはよく思わないだろう。

(沢山のものを与えられて勘違いして、恥ずかしい。私はまだ、陛下の信用を勝ち得ていないんだわ……)

四六時中、カイゼルの側近であるキリアンに監視されているのがその証拠だ。気安く優しいキリアンは護衛というスタンスでいてくれているけれど、そもそもは監視を命じられてフィリアのそばにいるのだから。

彼が夜な夜な討伐に参加していることを知らないフィリアは、信用されていないと痛感する。

(大丈夫。分を弁えなくちゃ。他にできることを探せばいいのよね)

傷ついた心をひた隠し、フィリアは気丈に微笑む。すると痛々しい笑顔を向けられたカイゼルは、顔をしかめた。

「君のその笑顔は……」

「え?」

「いや、何でもない。……皇妃」

途中で話すのを止めたカイゼルは、ペールブロンドを掻きあげる。それから居住まいを正すフィリアに、迷ったような口調で言った。

「辛いと思ったら、すぐにやめろ。無理はしなくていい」

「え……よろしいのですか？」

だって、反対だと顔にありありと書いてあるのに。渋面を作ったカイゼルからまさかの許可が下りたことに、フィリアは驚倒する。その間も、やはり彼の表情には迷いがあるように見えた。

「構わない。むしろ助かる」

「……ありがとう、ございます……？　頑張ります」

どう見たって、カイゼルの表情と言動はチグハグだ。

しかし彼の真意を知る由もないフィリアは、カイゼルからの了承が出た以上、努力することを誓うのだった。


アレンディアに来てから、皇宮の外に出るのは結婚式を除いて初めてだ。式の時でさえ会場である大聖堂と皇宮を馬車に乗って移動しただけで、自分の足で皇都を歩いたことはない。

今日も今日とてフィリアの監視を務めるキリアンと中庭で馬車に乗る準備を進めていると、何かに気付いた彼が遠くを見つめて礼を取る。フィリアが振り返れば、外套《がいとう》を羽織ったカイゼルが、馬を引きつれてこちらに歩いてきていた。

「白い森に向かう道すがら、皇妃に皇都を案内しようと思ってな。自分の嫁いだ国の様子を、知りたいだろう？」

「よろしいのですか？　お忙しいのに……」

フィリアとカイゼルの目的地は違うが、途中までの道のりは一緒だ。散策を提案してくれた彼に、フィリアは期待と恐れ多さの混じった目を向ける。

「街を案内する時間くらいはある。皇妃だとバレて騒ぎになったら困るから、君もこれを羽織っておけ」

馬から下りたカイゼルに、フィリアは濃紺の外套をバサリと被せられ、フードで髪も隠される。外套の中で丸まった毛を何とかしていると、不意に腰に手を当てられた。

次の瞬間、フワリと羽根のように身体が浮く。カイゼルに抱きあげられたのだと理解した時には、軽々と馬の鞍《くら》の上に乗せられていた。

「わ、わ……!?」

「大人しくしていろ。馬が怯える。まあ、君は動物に好かれるから大丈夫だと思うが」

魔獣舎で魔法生物に懐かれていたことを指しているのだろう。すぐさま流れるような動きで同じ馬に跨《また》がったカイゼルは、後ろに乗っているフィリアの腕を引いて彼の腹に手を回させる。

「……っ馬に乗って、散策するのですか？」

「療養所まではな。帰りはキリアンの用意した馬車に乗ってくれ。馬は初めてか？　怖い？」

「大丈夫です。ただ、緊張、して……」

馬に乗ることにも緊張するが、それ以上に心臓が跳ねている理由はカイゼルと密着しているせいだ。彼の背は広く、手を回した腹は鋼のように硬い。繊細な顔の造りに反して、身体は鍛えあげられた男性のそれで、フィリアはフードに隠れた顔を朱に染める。

「落とさないから、安心してもたれていろ」

ピタリと耳を寄せたカイゼルの背中から、力強い声が響く。それにすらドキドキしてしまって、フィリアは彼を異性として意識しっぱなしだった。

「ありがとうございます」

（どうしよう。訓練のための外出なのに……）

カイゼルと初めて皇宮の外に出かけることに、ワクワクしている自分がいる。スキップしそうなくらい弾んだ心を戒《いまし》めるように、フィリアは唇を引き結ぶ。そんな様子を、キリアンが穏やかに眺めていた。


皇宮から出ると、綺麗に舗装された石畳の道には瀟洒《しょうしゃ》なガス灯が等間隔で並んでいた。赤い屋根の建物が遠くの森まで連なる景色は、絵葉書のように美しい。

そして道行く人の顔の明るいこと。活気に溢れた街は賑やかで華やいでいる。

四大元素を操る国だからか、水資源が豊富な皇都は水路も発達していた。橋の下を小舟が通過していく様が、とても涼しげに感じられる。

これがカイゼルの治めている国。そして自分が嫁いだ国かと、フィリアは馬に揺られながら飽くことなく眺めた。

（私のことを警戒なさっているはずなのに、散策を許してくださるなんて……お気遣いが嬉しい……）

一体どこまで寛容なのだろうと、フィリアの胸は打ち震える。言葉にはされなくとも、カイゼルが自分をとても大切に扱ってくれているのを感じた。

（私が和平のための人質だからだとしても、嬉しい）

ついその感情が、カイゼルの腹に回した手に籠る。力んだフィリアに気付いたカイゼルは、

「下りるぞ」と言った。

「はい。ここは……？」

「眼鏡屋だな」

「眼鏡屋……」

賑やかな表通りを逸《そ》れ、閑静な通りに並ぶ店の前で止まったカイゼル。乗せられた時と同様にカイゼルに抱きあげられて馬から下ろされたフィリアは、礼を言ってから洒落た黒い看板を眺める。二人に先立ち、キリアンがドアベルの軽快な音を立てて店の中に入った。

何やら店内で店主と話す声がする。しばらくすると、キリアンは「店を貸し切りました」と言いながら出てきた。

店の外でキリアンを待たせ、カイゼルはフィリアを連れて入店する。買い物がしたいのだろうかと、フィリアは尋ねた。

「眼鏡をお買い求めになられるのですか?」

「君のな」

「え……っ⁉」

突然のことに、フィリアは素っ頓狂な声を上げる。眼鏡屋に行くことを予告されてもいなければ、眼鏡を作るとも聞かされていなかったフィリアは、店内にズラリと並べられた眼鏡に囲まれて慌てた。

「私のですか? 何故……」

「君は視力が悪いだろう。勉強中、本と目の距離が近いのは文字が見えづらいからじゃないのか」

「……! お気付きだったのですか?」

普段の生活ではそこまで不便さを感じないのだが、確かに小さい文字を読むのは苦労していた。けれどまさか、それをカイゼルに見抜かれていたとは思わず、フィリアは瞠目する。

「ヴィルヘイムでは眼鏡をかけていなかったのか?」

「はい……。そもそも、ヴィルヘイムに眼鏡屋はありませんし」

ヴィルヘイムの者は、神聖力の癒しの能力を使って視力を改善するのが普通だ。けれど虐げられていたフィリアが、親兄弟からその力を使われることはなかった。

口数の減ったフィリアに何かを察したのか、カイゼルはそれ以上突っこまなかった。代わりに彼は、カウンターに立つ店主に声をかける。

老紳士の店主はキリアンから事情を聞かされているようで、カウンターに恭しく道具を一式用意してから、奥に引っこんでいった。

「皇妃、ここに座れ」

カウンターの丸椅子に先にかけたカイゼルが、フィリアを呼ぶ。いまだ状況についていけないフィリアは、目を白黒させながら言われた通り彼の隣の椅子に座る。

「私に眼鏡を作ってくださるのですか……？　私、陛下のお時間を奪ってしまって」

「そんなことは気にしなくていい。これは見えるか？」

レンズが沢山並んだケースから一枚を取りだし、カイゼルはフィリアの目元にかざす。視線の先にある壁にかかった図を見て、フィリアは困惑しながら口を開いた。

「よく見えますが、少しクラッとします……」

「きつすぎたか。こちらはどうだ？」

「図が、二重に見えます」

「ふむ。じゃあこれは？」

カイゼルは鼻先がくっつきそうな距離で、フィリアの目にレンズをかざす。至近距離で見たカイゼルの肌は陶磁器みたいで、魅惑的な桃花眼はアメジストを嵌めこんだみたいに美しい。

こんなに至近距離で彼と接するのは、結婚式で誓いの口付けを交わした時以来だ。真剣な表情でレンズを選ぶ彼は改めて格好よく、フィリアはじわじわと顔に熱が集まり、瞳を潤ませる。

（私ばかり、緊張して恥ずかしい……。陛下は善意で私に眼鏡を用意しようとなさっておられるのに）

「これ、こちらのレンズがよく見えます」

四つ目のレンズをかざされたフィリアが答えると、カイゼルは羊皮紙にメモを取る。

「右目が結構悪いな。遠くからだと人が判断しにくいんじゃないか？」

「はい。ですが、アレンディアでは限られた方としか接していないので問題ありません、それに……」

伏し目がちに羊皮紙へペンを走らせるカイゼルは、相変わらず美しい。つい見惚《みと》れそうになりながら、フィリアは微笑んで言った。

「陛下は遠くからでも星のようにキラキラ輝いて見えますので、すぐに分かります。……陛下？」

カイゼルは短く呻くと、不自然に手を止める。ペン先から羊皮紙にインクが滲んでいるのも気にせず、彼は空いた手で顔を覆った。

「……君のそれは、天然なんだろうな」

「はい……？」

「いや、いい。レンズは決まったから、フレームを選ぼう」

カイゼルは立ちあがり、壁際の陳列棚にいくつも並んでいる眼鏡を物色する。艶やかなペールブロンドから僅かに覗く彼の耳殻が赤くなっていることに、フィリアは気付かなかった。

その後、無事にフレームも決まった。眼鏡は完成までに数日かかるとのことで、皇宮に送られる運びになった。店を出たフィリアは、長い髪が地面に垂れるくらいお辞儀をしてカイゼルに何度も礼を言う。

「君はいつも頑張ってくれているんだから、これくらいはさせろ。こちらこそ、もっと早く眼鏡を用意すればよかったな」

「いいえ……！　お気付きくださり、ありがとうございます。皇妃教育の際は、沢山使わせていただきます……！」

カイゼルが自分に心を配ってくれた。彼の時間と金を使ってしまったことに申し訳なさを覚えるものの、それと同じくらい嬉しくて、フィリアは届くのを待ち遠しく思う。

昼時になり、日当たりのよいカフェテラスで昼食を取ってからは、立派な時計台や細部まで装飾が美しい大劇場、歴史的な建造物が並ぶ地区を通った。そしていよいよ、療養所に辿《たど》りつく。

「送ってくださり、ありがとうございました。陛下。お気をつけて」

白い森に向かう馬上のカイゼルに、フィリアは祈るように言う。彼はそれに頷いてから、神妙な顔つきで言った。

「行ってくる。皇妃こそ、無理はするなよ」

「はい」

カイゼルの後ろ姿が見えなくなるまで見送ってから、フィリアはキリアンと共に療養所に向き直る。緑が多く、閑静な場所だ。

目の前にそびえ立つ、チョコレート色をしたレンガ造りの療養所は、四階建てですこぶる大きい。ここに収まらないほど多くの怪我人がいるのだと思うと、ズキリと胸が痛んだ。

(訓練ではあるけれど、どうか少しでも、怪我している方々を治せますように……)

「改めて、フィリア様、僕の提案を受けてくれてありがとうございます」

つい今しがたまでフィリアとカイゼルを微笑ましそうに見守っていたキリアンが、畏《かしこ》まった表情で言う。

「キリアン様。こちらこそ、ご提案いただきありがとうございます」

「本当に助かります。療養所には僕の部下も何人も入院しているんですよ」

キリアンは魔法特務隊の師団長だ。実際の彼は夜な夜な部下を率いて白い森の魔物の討伐に出ているのだが、そうとは知らぬフィリアは、カイゼルから自分の監視を命じられているため参加できていないと思っている。

（ご自身が前に出て行動できないのは、きっと歯がゆいですよね……）

「怪我をした部下の方々のために何かしたいお気持ち、お察しします。私で力になれるなら、何でもさせてください……！」

「わ……っ？」

キリアンの心情を思うあまり、フィリアはつい感情的になって彼の両手をギュッと握りしめる。

「ありがとうございます、フィリア様」

意気込むフィリアの心中を知らぬキリアンは面食らった様子だったが、部下を案じているという彼女の予想は当たっているのだろう。彼は嬉しそうに笑った。

そしてフィリアの方は、少しでも役に立てればいいと、淡い希望を胸に抱いた。

「フィリア様、入口はこっちです」

外套を脱いだフィリアは、真っ白な布地に小花柄の散った清楚なワンピースの裾を翻《ひるがえ》し、キリアンについて療養所の入口をくぐる。

すると大理石の床が見事なロビーで、療養所の院長に出迎えられた。

「お話は伺っております。……ようこそおいでくださいました、妃殿下」

「本日はよろしくお願いいたします」

フィリアが挨拶すると、初老の院長は長い眉毛に隠れた目で、検分するようにこちらを見下ろす。それにたじろげば、彼はクルリと踵を返し「案内します」と言った。

（気のせいかしら……今、値踏みされたような……）

過去の虐げられた経験から、フィリアは人の悪意に敏感だ。そのため療養所に足を踏み入れた瞬間から、周囲の刺さるような視線を感じ取る。

肌に刺さるようなチクチクした空気は、アレンディアに来るまで毎日のように味わっていたものと同じだ。すれ違う患者や医師、面会者からの視線に居心地の悪さを感じつつも、フィリアは廊下を歩く。

「こちらは比較的軽傷の方々が入院している部屋です」

針のむしろに立たされているような空気を味わいながら、院長に連れられた部屋の前に来る。

キリアンが扉を開けると、日当たりのよい部屋には、ベッドが六床並んでいた。

「皆さん、カイゼル陛下の妻となられたフィリア様がいらっしゃいました。妃殿下が治療に当たってくださるそうですよ」

「あの、初めまして。私……」

騎士団の者たちだろう。二十〜三十代の精悍《せいかん》な入院患者に向かって、フィリアは挨拶しようとする。しかし――――。

「私は結構です」

「僕も必要ありません」

かけられた冷たい声に、フィリアは喉の奥で言葉が絡まった。

（――――え……？）

「おい！　無礼だぞ！」

次に、キリアンの鋭い注意が飛ぶ。しかしドアに一番近いベッドに座る、足に包帯を巻いた男は噛みつくように言った。

「だって、エセキエル師団長。この方は憎いヴィルヘイムから来たんですよ！」

男の目が、忌々しそうにフィリアの方を向く。吐き捨てるように言われ、フィリアはギクリとした。

「ヴィルヘイムから嫁いだ方が、一体どんな気持ちでここに来たんですか？　ここには貴女の国がアレンディアの鉱山を侵略した際に抵抗し、重傷を負って入院している者もいるんですよ！」

部屋にいる患者全員に憎しみの籠った目を向けられ、フィリアは思わず一歩後ずさる。よろめいた背中を支えてくれたキリアンが、奥歯を噛みしめて唸った。

「これ以上の不敬は許さないぞ。僕がフィリア様にお前たちの治療を頼んだんだ。この方はそれに応えようとしてくださっているんだぞ！」

「大きなお世話です！　卑怯者の国の王妹に治療されるくらいなら、ずっと寝たきりの方がマシだ！」

「マッシュ！　皇妃を愚弄《ぐろう》するな！」

足に痛々しい包帯を巻いていたグレーの髪の青年マッシュが、キリアンに一喝される。そのままマッシュの胸倉を掴みそうな勢いのキリアンの袖を握り、フィリアは青くなって止めた。

「キリアン様！　構いません。私……」

フィリアは間近でこちらを睨みつけてくるマッシュを始め、室内にいる入院患者たちに頭を下げる。

久しぶりに向けられる悪意に喉が震え、消え入りそうな声で呟いた。

「ヴィルヘイムの出身として謝ります。先の出来事は、大変申し訳ありませんでした」

母国において政《まつりごと》に参加する資格は、フィリアにはなかった。いつも爪弾《つまはじ》きにされていたから、国政については全然知らず、ヴィルヘイムがアレンディアの鉱山に手を出した件も後から使用人たちの噂話によって知ったくらいだ。

けれど自分は、アレンディアに先に仕掛けた国の出身であることは違いない。

（そうだわ。マッシュさんと呼ばれた方たちの反応こそ、普通の反応だわ）

ヴィルヘイムから嫁いできた自分は、憎まれていて当然だ。アレンディアに来るまでのフィリアは、それを重々理解していたはずだったのに。

ふと、カイゼルの姿が頭に浮かぶ。この国に来てからずっと心を砕いてくれる彼のお陰で、フィリアはすっかり、自分がこの国にとってどんな存在か失念してしまっていた。

「帰っていただけますか。この療養所内に、貴女の治療を受けたい者はいません」

マッシュは吐き捨てるように言う。それに対してキリアンが声を荒らげたが、フィリアは彼をまた止めた。

「申し訳ありません。フィリア様……僕が頼んだのに」

「大丈夫です。皆様のお気持ちは分かりますから」

「……帰りましょうか」

キリアンに連れられ、フィリアは療養所を後にする。建物の前に止めた馬車に乗るまでの間、ずっと大勢に睨まれている気配を感じた。


予定よりも随分早く戻ったフィリアを、メイリーンは驚いた様子で出迎えた。

彼女はキリアンから二言三言事情を聞くと、フィリアの周りを蝶のように舞って世話を焼いてくる。

「皇妃様、お茶はいかがですか？　それとも陛下の専用書庫で読書されますか？　もしくはピーちゃんと遊びます？　そうだ、皇都のパティスリーで美味しいお菓子を仕入れたんです。

用意しましょうね」

「大丈夫ですよ、メイリーン。気を遣わせてごめんなさい」

「皇妃様……！　気落ちしないでくださいませ。メイリーンはフィリア様のことをとてもお慕いしておりますからね」

「ありがとう」

フィリアの両手を力強く握る可愛らしい侍女に、フィリアは感謝の念が湧く。

「僕もです。療養所に入院してる奴らは、フィリア様の優しい人柄を知らないからあんな失礼な態度を取ったんですよ……やっぱり引き返して一発殴ってきます」

物騒な発言をして踵を返したキリアンを、フィリアは必死に止める。

「お優しいのはキリアン様の方ですよ」

（そう。キリアン様もメイリーンも……もちろん陛下も、とても優しいから……私ったら、すっかり失念していたわ）

皇宮で接する人々が自分に対してとても親切だったから、フィリアは大切なことが頭からすっぽり抜け落ちていた。自分は長年険悪な関係だった国から嫁いできた皇妃だ。当然ヴィルヘイム出身のフィリアをよく思わない者もいるだろうことを。

結婚式を終えて皇宮に移動する間も、もしかして沿道に詰めかけていた人々は、フィリアを憎しみの籠った目で見ていたのだろうか。

日が暮れて暗かったため、皆の顔が思い出せない。

(手や旗を振ってくれていた方々も……きっと結婚を祝福していたのではなく、陛下を見ることができたから喜んでいたのね……)

「失敗したなぁ。陛下にどやされそうです」

キリアンは参ったように頭を抱えて言った。フィリアは首を傾げる。

「陛下に？　何故ですか？」

「フィリア様がとても素敵な方だから、僕は貴女を悪く思っている者の存在を忘れていたんですよ。フィリア様、覚えてます？　陛下との結婚式が夕刻に開始されたこと」

「はい。ちょうど今、そのことを思い出していました」

タイムリーな話題にフィリアが目を丸くすると、思いもよらぬ言葉をキリアンが発する。

「夕暮れ時の結婚式を指定したのは陛下なんです。大聖堂から皇宮へ向かう中、沿道の人々がどんな目で見ているかをフィリア様に悟らせないようにするために、外が暗くなってからの式を望まれたんですよ」

「それってつまり……」

キリアンの発言からして、沿道に並んだ者の中には、フィリアのことを睨む者もいたのだろう。それをフィリアに気付かせないために、カイゼルは外が暗くなる時間を指定してくれたということだ。

「僕はそれを陛下に聞かされていたのに、すっかり忘れていたんです。バカですよねぇ」

フィリアは昨晩のカイゼルとの会話を思い出す。彼が療養所にフィリアが行くことを渋っていた理由は、もしかして入院患者に暴言を吐かれるかもしれないと懸念していたから？

「それを言うなら、私が皇妃様の専属侍女になった理由もそうです」

メイリーンが手を挙げて言った。

「本来であれば、もっと大勢の者が皇妃様に仕える予定でしたが、陛下はヴィルヘイムの者を遠縁に持つ私を専任として仕事に就くよう指名なさいました。あの国に縁があり、フィリア様に悪い感情を持ってない者を、と」

「確か家庭教師を務めるボヌール夫人も似たような理由でお選びになったそうですよ」と、小動物のように愛らしいメイリーンから発せられた事実に、フィリアは言葉を失う。

（私……）

皇宮に来てから、他の使用人に会わないなと以前から思っていた。魔獣舎に行った時も、魔法士に挨拶したがるフィリアの申し出をカイゼルは聞き流した。

それらの行動はすべて。

（私が嫌な思いをしないよう、守ってくださっていたの……？）

だとしたらそれはなんて、遠回りで分かりにくい優しさだろう。

今さらカイゼルの配慮を知って、フィリアは胸が締めつけられる。一見分かりづらい彼の優しさが、とても尊く感じた。

目を閉じると、仏頂面の彼が瞼の裏に浮かぶ。不機嫌な顔をしていることが多いのに、どうしてか、カイゼルはいつも温かい。彼から与えられる優しさはいつも、薬のように溶けてフィリアの全身を巡っていく。

(陛下に会いたい……)

ふとそう感じている自分がいて、フィリアは戸惑う。心細い時や辛い時、これまで真っ先に思い浮かべるのは母の姿だった。なのに今一番に、カイゼルに会いたいという感情が泉のように湧いた。

(何を甘えているの、フィリア。陛下はお忙しいのよ)

おかしい。これまでずっと、母の言葉を糧《かて》にして、人の悪意に耐えてきたのに。だから嫌われるのも、憎まれるのも平気なはずなのに。

誰よりも遠回しな優しさを持つカイゼルが恋しく感じられて、フィリアはしばらく動揺から抜け出せなかった。


夕刻からの皇妃教育を担当してくれた家庭教師も、今日はいつにもまして穏やかだった。おそらくキリアンから事情を聞かされているのだろう。腫れ物を扱うような対応に、フィリアは苦い気持ちになる。この様子では、療養所での出来事はカイゼルの耳にも入っているかもしれない。

そう思いながら自室の机で自習をしていると、扉がノックされる。返事をすれば、扉を開けて入ってきたのはカイゼルだった。

「皇妃、邪魔をするぞ」

討伐から戻ったところなのだろうか。僅かに血の匂いがする。砂埃のついたマントを翻して部屋を横切る彼に、フィリアは立ちあがって駆け寄った。

「陛下？　頬に血が……お怪我をなさったのですか⁉」

「あ？　いや、返り血だ」

フィリアは白いレースのハンカチで、カイゼルの汚れた顔を拭う。血を拭うと、白くシミ一つない頬が現れて心底ホッとした。

カイゼルは決まりが悪そうに言う。

「身なりを整えてから来ればよかったな。討伐から戻ったらキリアンに君のことを聞いて、それで……」

そこまで言って、カイゼルは横目でフィリアを見下ろすとばつが悪そうに口を閉じる。

（もしかして、心配して来てくださったの……？　討伐帰りでお疲れに違いないのに、血を拭うことすら後回しにして……）

フィリアは血で汚れたハンカチを、胸の前でギュッと握る。胸の鼓動がうるさくて、カイゼルに聞こえるのではないかと不安になった。

黙りこむフィリアに、カイゼルは確認を取る。

「療養所で、入院患者たちから洗礼を受けたらしいな」

「あ、はい……」

「そうか。騎士団の者が失礼な態度を取ってすまなかった」

「陛下に謝っていただく必要はございません……！」

謝罪を口にしたカイゼルに、フィリアは恐縮する。

「元々は私の母国が悪いので……療養所にいる方々のお怒りはもっともです。私こそ、訓練の傍ら、何かお役に立てるのではと勘違いしてしまってお恥ずかしいです」

フィリアはへらりと、困ったように笑ってみせる。

その作り笑いを見下ろし、カイゼルは口を引き結んだ。

「君の国は悪くとも、君のせいではないだろう？　アレンディアの鉱山を侵略すると、君は知らされていなかった。違うか？」

思いもよらぬ言葉に、フィリアは瞠目する。小さな唇を開いて「何故それを……」と呟くと、カイゼルは懐から丸めた羊皮紙を取りだす。それを渡されたフィリアは、リボンを解いて中身を確認する。

中には、フィリアのヴィルヘイム時代についての調査報告が書かれていた。

「これ……！」

「君の言動でいくつか気になる点があったから、調べさせてもらった。君は王の妹でありながら不遇な扱いを受けてきたんだな。自身もヴィルヘイムで虐げられてきた君が、その国の出身というだけで悪く言われるのは辛いだろう。やはり行かせるべきではなかった」

「いえ、そんなことは……」

沈黙がたゆたう。フィリアもカイゼルもお喋りではないので、キリアンがいない二人きりの状況だと、割と無言が空間を支配しがちだ。

空気の読める不死鳥も、今は鳴き声一つ上げない。

気まずくなったフィリアが不器用に微笑むと、カイゼルは顔をしかめて切りだした。

「――皇妃、時間はあるか？」

「へ……？　はい」

「ついてこい」

フィリアが皇宮内で行くところは限られている。皇妃教育で使用しているダンスホールと、自主学習で通っている書庫、それから庭園と魔獣舎くらいだ。

「手を」

カイゼルに差しだされた手を握り、フィリアは空いた方の手でドレスの裾を持ちあげながら、大階段を上る。それから長い柱廊《ちゅうろう》を通り過ぎると、外の風が吹きこむ石造りの広い廊下に出た。

「ここは……？」

「空中庭園だ」

皇宮にこんな場所があるなんて、まったく知らなかった。フィリアは中央宮殿と東西南北の宮殿を通路で繋ぐ吹きさらしの庭園に、初めて足を踏み入れる。

そこには、妖精の光のように白く発光する花が、花壇いっぱいに広がっていた。

花びら一枚一枚がガラスのような花は、内側から淡い光を放ち、紺碧の空の下で煌々《こうこう》と光っている。そして夜風が吹く度に、花びら同士が擦れてシャラシャラと綺麗な音を立てた。

まるで星の海だ。あまりにも神秘的な光景に、フィリアは言葉を失う。夜空に浮かぶ満月と同じ色をした金の瞳が、感動で震えた。

「わあ……っ。綺麗です……！　星空の中を歩いているみたい……。この花は……？」

「月光花だ。別名は夜鳴き草。夜に花が咲き、風によって花びらが揺れる度に鈴が鳴るような音がする。アレンディアに生息する魔力の宿った花だ」

「月光花……」

名前の通り、月光を浴びて色づいたように美しい花だ。フィリアは、手近の花にそっと触れる。風が吹いて花びらが舞う度に、妖精が踊っているみたいだと思った。

（本当に綺麗……。でも何故、ここに連れてこられたのかしら？）

フィリアが疑問に思っていると、カイゼルが尋ねてくる。

「気に入ったか？」

「はい……！　すごく、素敵です……」

フィリアは力いっぱい頷く。それからもう一度青白く光る花に視線を落とす。幻想的な景色にうっとりしたフィリアの口角は、自然と上がっていった。

それを見たカイゼルは、どこか安堵したように囁く。

「やっと心から笑ったな」

「え……？」

「さっきからずっと、無理に作った笑みを浮かべていたから。さっきだけじゃないか、君は皇宮に来てから時折そうしていたな」

「……お気付きだったんですか？」

いつも上手く笑えていると思っていたのに。フィリアは頬を押さえる。ヴィルヘイムでは一度も心から笑ったことがなかったけれど、それを気に留める者はいなかった。

血を分けた兄でさえ、フィリアの偽りの笑みに気付くことはなかったのに。

（もしかして、私を元気づけるために、綺麗な景色を見せようとここへ……？）

だとしたら、とても敏《さと》い人だ。

フィリアの心の機微《きび》を見逃さないカイゼルは、力強い声で言う。

「当たり前だ。初めて目にした時は、緊張を誤魔化すために無理やり笑顔を作っているのだと思っていた。もしくは企みがあるのかと。でも今は……」

カイゼルはフィリアの隣に立つと、長い藤色の髪を一房掬いあげて尋ねる。

「辛いのに、どうして笑う？　アレンディアの民に否定されるのは、苦しかっただろう？」

もう一度似たような質問をされ、フィリアは下唇を噛みしめる。一拍置いてから、搾りだすように言った。

「事故で亡くなった母が、いつも笑顔でいるようにって、言っていたので」

「亡くなった母、か」

「あ……私の母は今の王太后ではなく、王宮で働く身分の低い使用人でした」

「そうらしいな」

それも調査報告書に書かれていたのだろう。けれど、さすがに自分と母の思い出話は知らないはずだ。

「いつも私を抱きしめて微笑んでくれる、温かな人でした。辛いことがあっても、世の中にはもっと辛い人がいるからって自分の痛みなんてちっぽけなものだと考えるような、気丈な人で……」

フィリアが母との思い出を語ると、カイゼルは興味深そうに耳を傾ける。時折入る相槌が静かで優しいせいか、フィリアはスルスルと言葉が滑り出た。

母にいつも笑顔でいるよう言われたことを語り終えると、カイゼルは花壇に囲まれた木製のベンチにどっかり座る。その隣にかけるよう言われ、フィリアも倣《なら》った。

「……なるほど。君の母君はとても強く、娘想いの優しい方だったんだな」

「はい」

「その言いつけを守っている君も、強くてひたむきだ」

「私はそんな、全然……」

「だが」

カイゼルはフィリアの言葉を遮って続けた。

「君の母は、君に幸せになってほしいから笑顔でいろと言ったんであって、感情を押し殺せとは言ってないだろう？」

「え……？」

「だから、もう無理に頑張らなくてもいい」

一陣の大きな風が吹き、フィリアの髪を踊らせる。揺れた月光花が、シャラシャラと涼やかな音を立てた。

淡い輝きに照らされて浮かびあがるカイゼルの秀麗な顔を、フィリアは揺れる瞳で見つめ返す。

「今までよく笑顔で頑張ったな。だがもう、辛い時には辛いって言ってもいい。それで君が幸せに気付けなかったら、俺が手を引いて、君が幸せになる方向へ導いてやる」

膝の上に載せていたフィリアの手を、カイゼルの手が掬いあげる。クン、と引き寄せられて、彼の顔が身近に迫った。

「だから皇妃。苦しい時まで笑わなくても、もういい。辛い時は弱音を吐いてもいいんだ」

カイゼルの紫水晶の瞳に、溺れているような自分が映っているのが見える。フィリアは動揺したまま呟いた。

「弱音なんて……吐けません。だって、別に世界で一番不幸というわけでも、ありませんのに……」

母を亡くしてから、弱音なんて吐いたことがない。だって、それを受けとめてくれる人がいなかったから。そしてその事実を思い知らされるのが怖かったから。

防衛本能のように、またしても笑みの形を刻もうと震えるフィリアの唇。その小さな唇に、カイゼルの指が触れる。黒手袋越しの親指は結晶化の影響で硬い。

冷たい親指でフィリアの唇をなぞったカイゼルは、仕方なさそうに、けれど情の籠った声で囁いた。

「世界一不幸な奴でなければ、弱さを見せてはいけないのか？」

「……っ」

「世界で一番辛い思いをしていなくたって、今君が感じている痛みはなかったことにはならないだろ。痛いなら、『痛い』って声を上げていいんだ。俺はアレンディアの皇帝で、君の夫だぞ。妻の弱音くらい、全部受けとめてやる」

喉に熱いものがこみあげ、フィリアは口を噤《つぐ》んだ。

(泣いてもいいと、言われているみたい)

最後に泣いたのは、父親である先王が亡くなった時だ。それ以外ずっと、フィリアはエリアーデにぶたれようと、レイラに罵られようと、一切涙を流していない。

味方がいない中、弱さを晒すのは怖かったから。泣けば余計に相手を喜ばせるような気もしたから。思えば虐げられていた母も、同じ気持ちだったのかもしれない。

だけど、感じないようにしていたけれど、ぞんざいな扱いを受ける度に、ずっと苦しかった。

「それでも、本音は吐きだせないか?」

あやすようなカイゼルの言葉に、フィリアの抑えていた感情が決壊する。握られた手を弱々しく握り返し、フィリアはとつとつと呟く。

大好きな母の言葉は糧であると同時に、枷《かせ》でもあった。

「……私、アレンディアに来てからずっと、幸せなんです。陛下とお食事をしたり、メイリーンやキリアン様とお話を楽しんだり、生まれて初めて魔法生物と接して楽しかったり……いつも陛下に優しくしていただいて、嬉しかったり。ですから今日は、この国の人々に嫌われているのだと思い知って、ショックでした」

「ああ」

相槌を打つカイゼルの声が優しい。泣きたいなんて思ってないのに、鼻の奥がツンと痛んだ。

唇をなぞっていた彼の手が、フィリアの項《うなじ》に伸びる。そっと引き寄せられたフィリアは、促されるままにカイゼルの肩に顔を埋《うず》めた。深い森のような香りがする彼の服に埋もれ、フィリアはくぐもった声で呟く。

「……嫌われるのは、辛いです」

「そうだな」

口に出すと、鉛を飲みこんだみたいに重かった心が少し軽くなった。

「素直に打ち明けてくれて、ありがとう。偉いな」

フィリアの背に、カイゼルの腕が回る。ポンポンと労わるように背を叩かれ、フィリアは洟《はな》を啜《すす》った。カイゼルの肩越しにキラキラと光る月光花たちが、ぼやけて光の海みたいに見えるのは、瞳に涙が滲んでいるせいだろうか。

(陛下、どうして貴方はそんなに優しいのですか。私は、その温かさに触れる度に胸が甘く締めつけられて、そして……)

世界が輝いて見えるんです。

――――ああ、どうしましょう。私……。

(陛下が好き。大好きです)

自覚したら、灰色の世界が極彩色に様変わりしたような気持ちになる。前髪をさらう柔らかな風が吹いて、シャラシャラと心地のよい音を立てて散った花びら。交差する雪のような花びらが舞う中、フィリアはカイゼルに離さないでほしいと思った。

けれど口には出せずにいると、どう察したのか彼の抱きしめる力が強くなる。抱き寄せられた身体は、渇望していた水を手に入れたかのように喜んだ。

しばらくカイゼルの逞しい胸に頭を預けていると、ピタリと押し当てた耳に力強い心音が聞こえてくる。子守唄みたいに落ちつく音だ。長い睫毛を伏せてその音に聞き入っていれば、不意にカイゼルが声を発した。

「冷えてきたな。そろそろ戻るか」

「あ……私、まだここにいてはいけませんか？　もう少しだけでいいので……」

カイゼルが教えてくれた場所から去るのを名残惜しく感じ、フィリアは自室に戻るのを渋る。

「風邪を引くぞ」

「大丈夫です。陛下は先にお戻りください。……っくしゅ！」

フィリアが小さなくしゃみをすると、呆れ顔のカイゼルが着ていたマントを脱ぎ、肩に被せてくれた。

「陛下？　これは」

「着てろ。まったく……」

懐に忍ばせていたナイフを取りだした彼は、鞘《さや》を抜いて刃をむきだし、手近の月光花を一本切る。

「そんなにこの花が気に入ったなら、侍女に摘ませて部屋に飾るといい。だから今は戻るぞ」

「え、で、ですが」

「何を遠慮している？　これだけ咲いているんだ。明日にでも君の侍女に用意させておく。まあ、月光花は夜しか咲かないがな。蕾の時は光らないし。だから」

カイゼルはフィリアの柔らかい髪を片方の耳にかける。その際に、月光花の茎を髪に差しこんだ。

「今はこれで我慢しておけ」

フィリアが耳元に手をやると、瑞々しい花に触れた。

「……君の淡い藤色の髪には、白い花がよく似合うな。結婚式で髪飾りにつけていた白いアネモネも似合っていた」

「……！」

結婚式では冷眼を浴びせられた記憶しかない。あの時そんなことを思っていたのかと知り、フィリアは耳が熱くなるのを感じた。

そんなフィリアに気付かず、カイゼルは言う。

「明日からは今まで通り過ごせ。皇妃教育も根を詰めすぎるなよ。何か趣味でも見つけるといい。何が好きだ？　刺繍《ししゅう》か、それとも」

「あ、いえ……！　私、明日も療養所に伺いたいと思っていて……！」

フィリアが言うと、カイゼルは目をむく。

「本気か？　君をよく思っていない者たちがいる場所にまた行くつもりなのか？」

「はい。私の意思ではないと陛下は庇ってくださいましたが、私がヴィルヘイム出身であることは事実ですから……だからこそ、アレンディアの方々の役に立ちたいんです。ここに来てから、私はすごく救われました。だから恩を返したい。陛下はヴィルヘイムと和睦の道を選んでくださいましたよね。私も、真心を尽くして、アレンディアの皆さんの信頼を勝ち得たいんです」

フィリアは真摯な瞳で、思いをカイゼルにぶつける。彼は切れ長の目を見開き、それから真面目な顔つきで口を開いた。

「……キリアン」

「ええ、このタイミングで僕を呼びます？」

突然部下の名を呼んだカイゼルに応え、空中庭園の入口からキリアンがひょっこりと顔を出す。フィリアは心臓が飛び出そうなくらい驚いた。

「き、キリアン様？　いらっしゃったのですか？」

「そりゃあね、僕は陛下からフィリア様を監視するよう仰せつかってますから。姿を見せない時も大抵は陰から見守ってますよ」

「そんな……じゃあ、だ、抱き……」

「抱きしめられたところも見ていたし、何なら最初からいましたね」

腕を組んで「うんうん」と頷くキリアンに、フィリアは恥ずかしさのあまり穴があったら入りたいと思った。

真っ赤になったフィリアは弱りきった声で囁く。

「そ、そうですよね……。キリアン様は私の監視役ですから……」

「それなんだが、今日を限りに監視の役目は外す」

カイゼルは「そのためにお前を呼んだんだ」とキリアンに向かって言った。

「え……っ？」

フィリアとキリアンの声が見事に重なる。それを歯牙《しが》にもかけず、カイゼルは側近に命じた。

「これからお前は、監視ではなく、護衛として皇妃のそばにいろ」

「……承知しました！　お任せください、陛下！」

キリアンは張りきって自分の胸をドンと拳で叩く。二人のやり取りを眺めてアワアワするフィリアの頬に、カイゼルの手が伸びた。

真っすぐに目を合わせられたフィリアは、紫雲よりも美しい彼の双眸に射貫《いぬ》かれる。

「皇妃……まずは俺が、君を信頼しよう」

「………っ！」

フィリアは肩を跳ねさせる。カイゼルの言葉に、胸が震えた。

「ここに来てから君がずっと頑張ってきてくれたことを知ってる。そんな君を、俺は信頼する」

「……っありがとう、ございます……」

カイゼルの信頼は、何よりも強い後ろ盾だ。追い風に背を押されたような気持ちになり、フィリアは顔を綻ばせる。

「まあ監視している時も、フィリア様の就寝中に僕を討伐に向かわせてたくらいですから。前から少しずつ信用し始めていたんですよね？」

キリアンがニヤニヤと言う。初めて耳にする内容にフィリアが吃驚していると、カイゼルはきまりが悪そうに答えた。

「……その通りだが」

カイゼルからの返事にますます驚いたフィリアは、喜びを噛みしめる。同時にキリアンの睡眠不足が気になって心配すれば、「君らしいな」とカイゼルから笑い声が返ってきた。

第四章　守りたいと泣くの

翌日から、フィリアの療養所通いが始まった。

けれどすぐに入院患者の心を掴むことは難しくて、病室を訪ねたフィリアは、手痛い洗礼を受けることになった。

「また来たんですか？　懲りないなぁ」

読んでいた本をパタンと閉じたマッシュは、フィリアをねめつける。昨日までの自分なら委縮していたに違いないが、カイゼルに信用されていると明言された今は、強い気持ちでいられた。

ちなみに、フィリアが暴言を吐かれる度に気炎を上げるキリアンには席を外してもらっている。彼は療養所に入院している多くの者たちの上司にあたるので、彼が強く言えば大方の人は言うことを聞く。しかしそれでは信頼を勝ち得たとは言えないため、フィリアは自分が何を言われても口を出さないよう彼に頼んでいた。

ものすごく不服そうに唇を尖らせられたが。

「私にできることを考えたら、皆さんを治療することしか浮かばなくて」

そう言うフィリアを、マッシュは冷たくあしらう。

「何度いらっしゃっても、俺の気持ちは変わりません」

「分かりました」

「分かったなら帰ってくださいよ！」

「病室を一室ずつ回って、お声がけしてから帰ります。もしかしたら誰か一人でも、私がお力になれるかもしれませんし……」

「はっ。お力ねぇ……売店にお使いに行くようパシられても文句はないってことですか？」

「もちろん、私がお役に立てるなら構いませんよ」

フィリアの素直な受け答えに、マッシュは鼻の頭にしわを寄せる。

「……嫌みだって分かりませんか？　皇妃をパシれるわけがないでしょう」

「そう、ですか。では、マッシュさんが私の治療を受けてもいいと思われるまで、毎日伺いますね」

「……バカじゃねえの。その時には、俺の骨折も治ってますよ」

「きゃっ」

ドンッと肩を押され、フィリアはよろめく。その際、倒れないようとっさに隣のベッドテーブルに手を着いてしまい、卓上にあったボードをひっくり返してしまった。ボードゲームをしていたのか、駒が床に散らばって不協和音を奏でる。

「あー！」

「も、申し訳ありません。サーシスさん」

隣の患者である眼帯の青年に謝り、フィリアはボードと駒を急いで拾いあげる。

「すぐに戻しますから」

「何で僕の名前を知って……それに戻すって……妃殿下、僕が駒を置いていた位置が分かるんですか？」

隣の患者ことサーシスに片眼で睨みつけられたフィリアは、「オヴェイロン海戦の布陣を駒で再現していましたよね？」とよどみなく駒を並べながら言った。

「お名前は、入院患者の名簿を拝見して知りました。治療させていただきたい皆様のお名前を覚えておくのは最低限の礼儀かと思いましたので」

「たった一日で……？　この療養所に一体何十人入院していると思って……っていうか、妃殿下、オヴェイロンの布陣を知ってるんですか⁉」

サーシスは眼帯をつけていない方の目をかっぴらいて驚く。その背後で、マッシュも目を丸くしていた。

「はい。皇太子時代、カイゼル陛下が初陣を飾り、潮の流れを利用して敵を追い払った戦ですよね。アレンディアの歴史を学ぶ中で、覚えました」

「……勉強、してるんですか？」

「はい。少しでもアレンディアのことや陛下のことを理解したくて」

サーシスの質問に笑顔で応えたフィリアは、最後の駒をボードに置き直す。

「できました。ご迷惑をおかけしてすみませんでした。私、別のお部屋を訪ねてきますね」

フィリアはサーシスとマッシュに頭を下げ、部屋を出るべく踵を返す。そんな彼女に聞こえないよう、サーシスはマッシュに耳打ちした。

「マッシュ、もしかして妃殿下って、僕たちが思っているような方じゃないのでは……」

「うるせえな。名前を覚えられてたから浮かれてんのか？　美人だからって油断するなよ。オヴェイロン海戦の布陣を知っていたのは、敵対していたアレンディアの戦法を探るために覚えたのかもしれないだろ！」

「そうか、そう……だよな？」

まるでフィリアが悪人だといいと言わんばかりに告げたマッシュの言葉に、サーシスは同意する。しかし、フィリアの背中を見送る二人の表情は冴えなかった。


翌日も、その次の日も、フィリアはめげることなく療養所に顔を出す。

暴言を吐かれるのは相変わらずだ。けれど療養所に通い始めてから、カイゼルがマメに様子を聞いてくれるので気持ちは楽である。彼から入院患者たちに一言言おうともしてくれたが、それはフィリアが断った。キリアンの申し出を遠慮したのと同様に、上の人に言われて従わせるのは違うと思ったからだ。

そんなこんなの日々を繰り返し、早六日。その日、大きな変化が訪れた。

最近は医師や患者から邪険にされるのにも慣れたフィリア。そんな彼女がマッシュの病室に行くと、彼から開口一番に服装について切りだされる。

「妃殿下、二日目以降服がどんどん軽装になってますね。足元もヒールのないブーツですし」

「こちらの方が療養所内を歩きやすいですし、手伝いやすいですから」

膝下の丈のワンピースとキャメルのブーツを履いたフィリアは、自身の服装を見ながら答える。するとマッシュは、嘲笑《ちょうしょう》を零した。

「手伝うって……治療は断られているでしょう？」

「残念ながら……ですが、洗濯やシーツを替えるお手伝いはさせていただいているので」

「はっ⁉　妃殿下が⁉　何考えてるんですか！」

ベッドの柵と背の間に枕を差しこんでもたれていたマッシュは、思わず身を起こす。すると隣でボードゲームをしていたサーシスも、驚倒して駒を落とした。

「本日はガインベルグの夜戦の布陣ですね」

フィリアはのんびりと駒を拾って渡しながら、盤上を見つめて言う。

マッシュは喚いた。

「嘘だ！　皇妃ともあろう方が雑用なんて！」

「本当だ。フィリア様はご自分から職員に声をかけて療養所内の仕事を手伝ってくださっている」

扉の前で様子を見守っていたキリアンが、眉間を揉んで言った。

「職員たちは、まさかフィリア様に雑用ができるわけがないと踏んで仕事内容を提案したようだったが……快くお受けになられたんだよ」

「シーツを替えることも洗濯も慣れているので、人並みにはできていると思うのですが」

ヴィルヘイムでは使用人同然の扱いを受けてきたフィリアがそう言うと、マッシュは呻く。

「ありえない……っていうか、何で慣れてるんですか……」

サーシスは「陛下はお許しになっているのですか？」とキリアンに尋ねた。

「フィリア様のお好きなようにやらせてやれ、と」

上司の言葉を聞き、マッシュとサーシスは互いに顔を見合わせた。

「……そうまでしてくれてるなら、一度、治療を頼んでみようかな……」

ぽつりと零したのはサーシスだ。その言葉を聞き逃さなかったフィリアは、必死に食いつく。

「いいのですか……!?」

「おい、サーシス！　裏切り者！」

マッシュが怒鳴ったが、サーシスは反論する。

「だって、妃殿下は本当にいい方だよ。ヴィルヘイムは憎いけど、この方は違う。もう認めてもいいんじゃないかな？」

「――――はあ⁉　もう勝手にしろ！　俺は認めないからな！」

　マッシュは掛け布団を引っ張りあげ、芋虫のように身体に巻きつけて眠る体勢に入る。フィリアは言い争う二人を困ったように見つめていたが、サーシスの眼帯に手を伸ばした。

「本当によろしいのですか？」

「はい。ガインベルグの夜戦の布陣まで覚えていた上に、毎日療養所の職員を手伝ってくれている貴女の心意気に胸打たれました。よろしくお願いします」

「……っ頑張ります」

　フィリアはいそいそとサーシスの眼帯に手をかける。外すと、瞼を縦断するように三本のひっかき傷が走って目が開かない状態になっていた。赤黒い傷口が生々しい。

「フェンリルにやられた傷です。瞼の傷が塞がっても、失明するかもしれないって医師には言われてます……。そしたらもう、騎士団員としては働けないんですけど……」

　フィリアが顔を歪めて傷口を確かめると、サーシスは空元気で言った。

「神聖力でも、無理ですかね」

「……手、かざしますね」

　両手でサーシスの片目を覆い、フィリアは精神を統一する。

　自分の弱い神聖力では視力の回復ができないかもしれないと不安が過ったけれど、療養所に通いだしてから初めて自分を信頼してくれた彼の期待に応えたいと強く願った。

（どうか、どうか……私の中に宿る神聖力よ。想いに応えて）

次の瞬間、フィリアのかざした手元が光を放ち、病室内のカーテンが窓の外に泳ぐほどの風が巻き起こる。

「……………っ」

全身が雑巾になって絞り取られるみたいに、体力が消耗するのを感じる。病室にいる、マッシュ以外全員の視線が、フィリアとサーシスに集中した。

「サーシスの傷が塞がっていく……」

幽鬼でも見たような口調で呟いたのはキリアンだ。五分ほどして、赤黒く腫れあがった瞼に二重の線が戻る。部屋を包む光が止むと、サーシスは怖々といった様子で瞼を開いた。

「……嘘だろ、視界が広い……！」

感激するサーシスに、向かいのベッドにいた入院仲間が駆け寄り、手鏡を持たせる。

「サーシス、治ってるぜ！　お前、両目が開いてる‼」

「すげぇ……！　これが神聖力……‼　妃殿下、俺、俺の腕も治りますか？」

窓際で包帯の巻かれた腕を首から三角巾で吊っていた男が、いの一番に声を上げる。マッシュ以外の他の患者も、それに続いた。

「妃殿下、ありがとうございます‼」

サーシスはすっかり元通りになった双眸をキラキラと輝かせ、フィリアの両手を握る。

周りが沸く中、フィリアはただただ上手くいったことにホッとしていた。

「おーまーえーらー。ったく、調子がいい奴らだな。フィリア様、少し休まれますか？」

フィリアを木製の丸椅子に座らせ、キリアンは部下たちをたしなめる。

仲間が一人完治したことにお祭り状態の室内で、マッシュだけはダンゴ虫のように掛け布団を被ったまま丸まっていた。


療養所にいる患者を初めて治癒できたこと。認めてもらえたことを報告したくて、フィリアはその晩、カイゼルが部屋に来てくれるのを待っていた。

けれど日付を跨いでも、彼は現れない。ベッドにも入らず待ちわびていれば、見かねたキリアンが白い森への出立前に、今夜はカイゼルが戻ってこないことを教えてくれた。

白い森で大量に魔物化しているフェンリルの討伐が、難航しているらしい。

話ができないのは残念だが、それ以上に、カイゼルの身が心配だ。

「朝には、キリアン様とご一緒に戻られますか？」

「どうでしょうね。僕は朝になったら他の隊の師団長と交代で戻りますが、陛下はご自身の判断で行動なさってますので……」

そう言い残して出発するキリアンを見送り、どうか朝にはカイゼルも無事に戻ってきてくれますようにと願いながら、フィリアは床につく。

しかし、日が昇ってもカイゼルが戻ったという知らせはなかった。

「フィリア様は陛下がお好きですか？」

今日も今日とて、療養所を訪問したフィリアは、護衛で同伴しているキリアンに尋ねられて固まる。

「へ……」

「だって、陛下が帰ってないって聞いたら、明らかに元気がなくなったから」

「それは、その……！」

つい先日に自覚したばかりの気持ちを言い当てられて、フィリアは顔を赤らめる。春らしいパステルカラーのワンピースをギュッと握りしめ、キリアンと一緒に療養所の入口をくぐった。

「僕としては大歓迎ですけどね。お二人はとてもお似合いですし」

「……そんなこと」

「あー！　妃殿下、こんにちは！」

マッシュたちのいる病室に向かうと、退院準備をしているサーシスに出迎えられて話が途切れる。

彼の目を治したことにより、数人の医師や患者のフィリアに対する態度は軟化した。とはいえ、まだマッシュのようにフィリアを煙たく思う者が大半だ。

信頼を得るには時間がかかるのを覚悟しながら、ボストンバッグに荷物を詰めるサーシスを眺めていると、窓の外がにわかに騒がしくなる。

開けっ放しの扉の向こうでは、何人もの医師や看護師が廊下をバタバタと駆けていく。この光景は、ここ一週間で見慣れたものになりつつあった。

「また誰か搬送されてきたみたいですね」

キリアンの言葉に、フィリアは相槌を打つ。

「そうですね。大丈夫でしょうか……」

病室の奥まで行き、窓から療養所の入口を覗いたフィリアは、白衣を翻して出迎える医師たちを見つける。そんな彼らが担架を持って走り寄る先には――騎士団の仲間に両側から肩を支えられた、血まみれの団員がいた。

白い森に討伐に出ていた騎士団のメンバーが、急患として運びこまれたのだ。フィリアの心配をよそに、窓の外では拍手と歓声が上がっている。

「フェンリルを一頭仕留めたんだ！　子供だったけどさ、討伐したことには変わりないだろ？」

担架に乗せられた団員は元気よく周囲へ自慢する。

制服の脇腹が鉤爪《かぎ》に引っかかれて裂けているが、べっとりとついた血は大半が返り血なのだろう。命に別状はないのか、はたまたアドレナリンが噴きだして興奮しているのか――自分の武勇を飽くことなく語っていた。

「おーおー、はしゃいでいるなぁ」

フィリアの後ろから窓の外を見下ろしたキリアンは、療養所に入っていく部下と医師たちを微笑ましそうに眺める。そう言う彼も嬉しそうだ。

「フィリア様。命に別状はなさそうですから、そんなに心配しなくても大丈夫ですよ」

「ですが……あら……？」

遠くの空から一直線にこちらへ飛んでくる一羽の鷹を見つけ、フィリアは驚いて窓のそばから退く。減速した鷹は、窓枠に止まるとキリアンに向かって足を差しだした。そこには何やら羊皮紙が括《くく》りつけられている。

「キリアン様、この子は？」

「陛下が伝達に使っている鷹ですね。手紙をつけているみたいだ」

笑顔をサッと消したキリアンは、鷹の足から手早く羊皮紙を外して広げる。羊皮紙の端から端に滑っていくキリアンの視線を、フィリアは目で追った。手紙を読む彼の顔色が、段々と悪くなっていく。

「おいおい、嘘だろ……っ」

「どうなさいました？」

フィリアが聞くと、キリアンは血相を変えて唸った。

「大変です！　白い森で討伐に参加している陛下から、フェンリルの群れがこっちに向かっているとの報告がありました！」

　キリアンの言葉を受けて、病室内がざわめく。

「森に張っている結界がとうとう破られたんですか⁉」

　サーシスが青い顔で尋ねる。フィリアは口元を覆って問うた。

「そんな……っ。市街地は大丈夫でしょうか。それに、どうしてこちらに……⁉」

「……さっき搬送された奴は、制服が血で汚れていましたよね。あれがフェンリルの子供を殺した際の返り血だとすると……断言はできませんが、フェンリルは嗅覚が発達しているので、始末された子供の血を辿って報復に向かっているんじゃないかと……」

　キリアンが言ったそばから、風に乗って遠吠えが聞こえた。

「もう近くまで来てるな……動ける者は武器を持って建物の外で迎え撃つぞ！　医師たちには、寝たきりの患者を抱えて安全な場所に避難してもらう」

「僕、先に皆に知らせてきます！」

　サーシスが部屋を出て、他の病室に状況を伝えに走る。フィリアは青ざめた顔で提案した。

「血のついた制服を燃やして匂いを消すのはいかがですか？」

「いや、服は俺が回収して身につけます。フェンリルが人の多い市街地に散らないよう、ここにすべての個体を集めたいので。療養所に入院しているのは騎士団の奴らが大半だし、一般人が犠牲になるよりはマシでしょう」

「それではキリアン様が危険では？」

「優しいなぁ。大丈夫ですよ。フィリア様は療養所の一階から地下道を使って先にお逃げください」

「そんな、一人だけ先に逃げるなんてできません……っ」

（怪我人を置いて自分だけ助かるなんて、そんなの違う！）

フィリアは間髪入れずに否定した。

（フェンリルが侵入できないよう、神聖力で破魔の結界を張る？　でもやったことがないから、失敗すると迷惑がかかってしまうわ。なら……）

「それなら私はご自身の足で避難できるよう、ベッドに寝たきりの方々を一人でも多く治療して回ります」

「な……っ!?　フィリア様！」

普段はウズラのように大人しいフィリアが願いを跳ねのけたことに、キリアンは虚《きょ》を衝《つ》かれたような顔をする。混乱した様子のマッシュは、フィリアの提案に眦を吊りあげた。

「は!?　何を言ってるんですか、さっさと逃げてくださいよ！　妃殿下！　誰も貴女の治療なんて――――」

「私に貴方の足を治療させてください。マッシュさん」

「ふざけるなって言ってんですよ！　俺は貴女の施しは受けない！」

「では貴方は！」

フィリアは両側からマッシュの頬をパンと挟んだ。

「フェンリルが療養所に攻めこんできても、逃げずにここにいるおつもりですか？　貴方が動けれぱ、他の寝たきりの方を安全な場所に運ぶことができるかもしれないのに？」

自らのプライドのために、療養所にいる他の仲間を見捨てる気かと暗に問われ、マッシュはグッと詰まる。フィリアは気の弱そうな表情を仕舞い、決然と燃える瞳で言った。

「私を嫌いでも構いません。憎く思われても仕方ないと思っています。ですが、私に治療をさせてください。この療養所にいる方々の命を救いたい気持ちは貴方と一緒です。誰も危険な目に遭わせたくないんです」

「――――お前の負けだ。マッシュ」

キリアンは桜によく似た色の髪を掻きあげて言った。

「フィリア様の粘り勝ちだって、分かってるだろ」

上官に言われ、マッシュはベッドに身を投げだす。好きにしろという合図だった。

フィリアはすぐに包帯の巻かれた彼の足に手をかざし、神聖力を送りこむ。

「フィリア様、貴女の気迫に負けたのは僕も同じです。正直、白い森の結界を破ったフェンリルの群れをどこまで食い止められるか分かりませんが……。いいですか、絶対に無茶はしないでくださいよ」

釘を刺すキリアンの背を見送り、フィリアは治療に専念する。するとマッシュが「本当に、何なんだよ……」と弱々しく呟いた。

「どんだけ突っぱねても、冷たくあたっても食らいついてくる。ヴィルヘイムは嫌いだ。でも……あの国には、貴女みたいに心の綺麗な奴らも、いるんじゃないかと、思い始めています」

「……マッシュさん……」

「貴女はここにいる患者を一人も見捨てない気でいる。俺も、エセキエル師団長も犠牲が伴うと思っていたのに。だから、俺は貴女の誠意を信じます」

「……！」

肯定されたせいだろうか。フィリアの能力は自己肯定感や自信に比例するのか、胸の奥から神聖力がみなぎっていくのを感じる。

（大変な状況なのに、信じてもらえることが嬉しい……。陛下、私、少しずつですが、貴方の治める国の方々に、認めていただいているのでしょうか）

折れていたマッシュの足を治すと、床に足をつけて何度か足踏みした彼と共に、他の病室を巡る。道中、サーシスが伝令に走ってくれたお陰か、動ける者は外に向かいキリアンの加勢に回った。

「こちらの病室の方はすべて治しました！　皆さん、合流できる方はキリアン様の援護に回ってください！　非戦闘員の方は療養所の一階から繋がっている地下道へ！」

　フィリアは立て続けに寝たきり状態の患者を治療し、額に浮かんだ珠《たま》のような汗を拭って言った。

　外が騒がしい。療養所の扉と窓を閉めきっているのに、遠吠えがあちこちから聞こえた。

　フィリアは窓越しに療養所の外を眺める。ちょうど、動ける入院患者を集めたキリアンが、彼らを等間隔で配置につかせていた。

「よし、サポートを頼むぞ、お前たち」

　そう言ったキリアンが片膝をついて両手を地面につけると、地鳴りを上げてみるみるうちに高い土壁がそびえ立つ。

　状況が状況にもかかわらず、フィリアは魔法特務隊の師団長であるキリアンの実力に、感嘆の声を漏らした。

「すごい……」

　キリアンは魔法を使い、たった一人で、広い療養所内の敷地をグルリと囲むような高い土壁を築いていた。そこに手をついた患者たちは、自身の魔力を使って強度を足していく。

　要塞と化した療養所。しかし、すぐさまドンッと腹に響く重低音が土壁の向こうから聞こえてくる。

「フェンリルが土壁に接触しました！　やばいぞ、三十頭はいる！　エセキエル師団長の指示の下、臨戦態勢を整えているけど……」

伝令役のサーシスが、療養所に飛びこんで叫んだ。

フィリアはワンピースのスカート部分をギュッと握りしめる。

(もうすぐそこまで来ている……。まだまだ患者さんは残っているのに。早く治療しないと……)

そう思っていると、外から砲弾を受けたような音がした。窓の外が土煙で埋めつくされる。

次いで、焦ったようなキリアンの声が聞こえてきた。

「土壁が破られたぞ！　各自襲撃に備えろ！」

外にいるキリアンが声を張りあげたそばから、療養所内にいるフィリアの背後の窓が、投石を受けたように激しい音を立てて割れた。恐怖により、全身の血が下がっていく。

フィリアが振り返ると、真っ黒な毛を逆立てた巨大なフェンリルが、窓を突き破って現れた。

威嚇するようにむきだされた牙の一本一本が、フィリアの手首くらいの太さがある。

普通の狼より何倍も大きい。凶暴そうな口は、人間を軽く丸呑みできそうなくらい裂けていた。

身体が竦む。足が地面に縫いとめられたみたいに動けない。

「妃殿下！　下がって！」

マッシュが剣に見立てた炎を振りおろす。宙に軌跡を描いたそれは、フェンリルに強烈な斬《ざん》撃《げき》を決める。噴きだす血と共に、魔物は断末魔の叫びを上げた。

その鳴き声に反応したのか、次々とフェンリルが療養所内に流れこむ。

『土の精霊よ、我が盾となれ！』

廊下の端で、入院患者の一人が耳慣れない呪文を呟き堅牢《けんろう》な土の壁を築く。しかしフェンリルは壁に突進して打ち破り、術者に襲いかかる。すぐにあちこちから悲鳴が上がった。

『風の精霊よ、我が道に塞がる敵を薙《な》ぎ払え！』

今度はキリアンの声がして、療養所の外にいたはずの彼が、先ほどフェンリルに破られた窓を跨いで姿を現す。彼は魔法で竜巻のような風を巻き起こすと、廊下にいたフェンリルを吹き飛ばした。建物の壁に叩きつけられた獰猛な魔物は、ギャンッと鋭い悲鳴を上げて昏倒《こんとう》する。

「フィリア様、無事ですか？」

「大丈夫です。ありがとうございます……っ」

駆け寄ってきたキリアンに、フィリアは喘《あえ》ぎ喘ぎ答える。彼は厳しい表情で言った。

「時間切れです。フィリア様。貴女は今すぐここを離れてください。マッシュ、フィリア様と非戦闘員を連れて、地下道から逃げろ！　お前が先導するんだ！」

「キリアン様、戦闘中の皆さんは？」

「非戦闘員が脱出後、フェンリルが追ってこられないよう地下道への入口を塞ぎ、この療養所にすべての個体を集めてカタをつけます」

キリアンの言葉を聞きながら、フィリアは周囲を見回した。あちこちで中に突入してきたフェンリルと交戦する音が聞こえる。剣と牙がかち合う音、蹄《ひづめ》が床を蹴る音、悲鳴。そして疲弊した患者たちの呼吸音。

魔物化したフェンリルに襲われた人々から、あちこちで血しぶきが上がる。目を覆いたくなるような光景に、フィリアは胸が抉《えぐ》られたみたいな痛みを覚えた。

(私が怪我を治した方も、次から次へと新しく怪我を負ってらっしゃる……)

このままでは、療養所に残る者が全滅するのは時間の問題だ。

フィリアは唇を噛みしめると、腹を括って言った。

「私はここに残ります。最後までお手伝いさせてください！」

「バカ言わないでください！　貴女に何かあったら、陛下に顔向けできません！　ああ、くそっ」

キリアンは新たに迫ってきたフェンリルを、魔法で生みだした波により、廊下の端まで押し流す。

フィリアはその隙をついて、大階段を必死に駆けあがった。まだ治療できていない者が大勢いる。一人でも多くを治療し、この療養所から脱出させるつもりだ。

「マッシュさんは避難誘導をお願いします！」

「おい！　なんてお方だよ……！」

大いに迷っている様子だったが、フィリアの言葉を受けたマッシュは非戦闘員を連れだって地下道への入口に向かう。しかしキリアンはフィリアを追ってきた。

「ありえない！　フィリア様がこんなに頑固なんて……っ！」

キリアンは頭が痛そうに呻く。

「ごめんなさい。ですが……っ、陛下の大切な人たちを守りたいんです」

途中、鼻の曲がりそうな血の匂いに顔を歪めながら、フィリアは道行く人に神聖力で治療を施していく。

それでも、治療が間に合わないほどそこら中で上がる悲鳴に、耳元で心臓が爆音を立てている気がした。

「……っ、これで大丈夫です。さあ、地下道へ！」

最後の一人に治療を施し、フィリアは地下道に向かうよう声をかける。しかし三階の病室に誰も残っていないことを確認して二階まで下りたところで、フィリアの進行方向の窓を突き破り、一際大きなフェンリルが現れた。

毛むくじゃらの身体にガラスが刺さっても、まったく気に留めていない。おそらく群れのリーダーだろう。フェンリルは人間と同胞の血で濡れた床に滑りながら、蹄を立ててこちらににじり寄る。

まずいと、本能的に思った。他の個体とは訳が違う。一瞬で喉笛を食い千切られそうな威圧感を感じ、フィリアは腹の底が冷えていった。

「下がってください、フィリア様」

キリアンがフィリアを庇うように前に立つ。彼の羽織った上着から子供の血の匂いを嗅ぎ取ったのか、建物が揺れるほどの高い遠吠えを上げた魔物は、仲間を呼び寄せる。すると階下から大勢の別の個体が、鍋が噴き零れるような勢いで雪崩《なだ》れこんできた。三階にいた個体までもが、矢のような速さで駆けおりてくる。

一階のエントランスに続く階段を前にして、フィリアとキリアンは完全に前後を十五頭ものフェンリルに挟まれてしまった。血走ったいくつもの目玉が、フィリアたちを捉えている。

叫びだしたいほどの恐怖が、胸の中で暴れ回った。階下ではまだ交戦中の音が聞こえる。一体何人が逃げられた？　マッシュの誘導は上手くいっただろうかと、いくつもの不安が頭を過る。

キリアンからは、荒い息遣いが聞こえた。彼はずっとフィリアを庇いながらフェンリルと戦っているせいで、ひどく消耗していた。キリアンだけでも逃がせないものかと、フィリアは唇を噛む。

ヴィルヘイムにいた頃、希望なんて一つもなかった。ただ理不尽な暴力と暴言に耐え忍ぶ日々は苦痛でしかなく、笑顔でいるのも辛かった。

けれど、アレンディアに来てから心からの笑みを浮かべられるようになった。カイゼルが隣にいてくれるから。

そんな彼の大切な人たちを、守りたい。救いたいのに。

ここまでだろうかと、悔しさがこみあげる。ただ泣いて、カイゼルの大切な人たちも守れず死んでいくのかと。握った手のひらに、爪が食いこむ。皮膚が裂けて血が流れても、フィリアは気付かない。

無力感に打ちひしがれるフィリアの向かいで、群れのリーダーが前脚にグッと力を込める。飛びかかる前の準備だ。後ろ脚を蹴って襲いかかってきた魔物に視界を埋めつくされ、フィリアは青ざめた唇から悲鳴を漏らす。

その時――……。

エントランスの観音開きの扉が勢いよく跳ね開けられ、光が差しこむ。次いで聞こえてきたのは、低く澄みきった声だった。

『我が身に宿り地脈のように巡る魔力よ、大樹となってかの者たちを守れ！』

声が聞こえるや否や、ダイヤモンドのような大木が地面を突き破って現れる。それは大階段に幹を広げ、フィリアたちに襲いかかろうとしていたフェンリルたちを絡めとった。

キャインッと虐げられた子犬のような声を上げて、獰猛な魔物がみるみる成長するダイヤモンドのごとき茨《いばら》に締めあげられていく。ぞっとするほど壮絶な光景だった。

「ダイヤモンドの、木……？　これって、陛下の……」

陽の光に照らされて透き通った輝きを放つ結晶は、常人よりも魔力量が多いカイゼルにしか作りだせないものだ。数分前まで血なまぐさい戦場と化した場所にいたフィリアは、あまりにも神秘的な光景にひどい倒錯感を覚える。

金剛石を彷彿とさせる魔石の大樹は、絡めとった凶暴な魔物を葉に見立てているかのようだ。

フィリアが階下を見下ろすと——カツン、と革靴の小気味いい足音を立てて現れたのは、マントを翻したカイゼルだった。

「陛下……！」

「皇妃、無事か⁉」

肩で息を切らすカイゼルの後ろに、ぞくぞくと騎士団のメンバーが続く。

「陛下⁉　白い森から駆けつけてくださったんですね⁉」

キリアンが弾んだ声で言う。

「ああ。フェンリルたちが、群れの中にいた子供の仇《かたき》を追って療養所に向かっているのに気付いたからな。遅くなってすまなかった。……君も、怖かっただろう。皇妃」

いまだショックから抜け出せないフィリアの元に、カイゼルが駆け寄る。汗で張りついた前髪を黒手袋越しにサラリと解かれ、フィリアは強張っていた肩の力を抜いた。

「だい、丈夫です……。陛下、来てくださってありがとうございます……」

「君が無事でよかった」

心底安心したように囁かれ、フィリアは瞳を揺らす。その言葉はまるで、カイゼルの大切な人の中に、自分も含まれているみたいだと思った。

そんなおこがましいことを思ってしまうのは、恐怖に駆られていた反動だろうか。好きな人に優しく見下ろされ、極度の緊張状態から解放されたフィリアは思い出したように震えだす。逞しい彼の胸に縋りつきたいと思った。

これまで、母以外の胸に飛びこみたいと思ったことはない。でも今、彼の胸で泣きだしてしまいたいと感じた。

フェンリルに囲まれた時、もう希望は潰《つい》えてしまったと思った。絶望に視界を埋めつくされて、無力感に打ちひしがれながら死を待つしかないと。けれど……。

（陛下が助けてくださった……。私を心配してくださった……）

それが、天にも昇っていけそうなくらい嬉しい。

「陛下！　残りのフェンリルも制圧ができました！」

一階に残っていたフェンリルを討伐したのだろう。白い森から駆けつけた騎士の一人が、カイゼルに報告する。

「森を駆けまわっていた忌々しいフェンリルの群れを療養所に集められたのは僥倖《ぎょうこう》でしたね。そして一気に仕留められたのは陛下のお力のお陰です」

「俺の力だけじゃない。……怪我人は？」

「いるにはいますが、皆命に別状はなさそうです。非戦闘員は地下に避難していました」

騎士の報告を聞いて、フィリアは胸を撫でおろす。よかった。マッシュの避難誘導は上手くいったのだ。

「フィリア様のお陰ですよ。自らの危険も顧みず、ベッドから起きあがれない入院患者を、片っ端から治療して回ってくれたんです。そのお陰で、皆自分の足で避難ができました」

キリアンが熱の籠った声で言う。

「何……？　皇妃、そうだったのか？　だから君は避難せずここに？」

「あ、いえ……大したことは……」

フィリアが両手を振って否定していると、ふと、カイゼルの生みだした大樹に磔《はりつけ》にされたフェンリルの一頭が、視界の端で蠢いた。一際大きいその個体は、群れのリーダーだ。

「あれ……？」

「皇妃、手のひらから血が出ている」

手のひらの爪痕から出血していることをカイゼルに指摘されるものの、フィリアの視線はフェンリルから外れない。

（まさか、大丈夫よね？　魔石の拘束から逃げるなんて――……）

フィリアが自分に言い聞かせた矢先、ダイヤモンドのような茨を筋肉で打ち砕いた一頭が、すぐそばにいるカイゼルに牙をむいた。

「……っ陛下‼　危ない‼」

フィリアの悲鳴を受け、遅れて気付いたカイゼルが振り返る。その時にはもう、フェンリルは彼に飛びかかっていた。

カイゼルが怪我をするかもしれない。そう思うと全身を焦燥が駆けめぐり、フィリアは両手を広げて彼の前に出る。フェンリルは後ろ脚だけで立ちあがり、咆哮《ほうこう》を上げながら邪魔なフィリアを鉤爪で切り裂こうとした。

「……っ」

けれど鋭い爪がフィリアを抉ることはなく、フェンリルは眼前で、突如激しく燃えあがる。

カイゼルが魔法を使用し、化け物と化した獣を焼き払ったのだ。

凄まじい業火は、フェンリルをみるみる炭に変える。熱気に晒されたフィリアは足の力が抜け、その場に座りこんだ。そこに影が落ちたので顔を上げれば、これまでで一番焦った様子のカイゼルがこちらを見下ろしていた。

「へい……」

「なんて無茶をするんだ、君は‼」

剣を打ち捨てたカイゼルに、肌がビリビリと痺れるくらいの怒声を浴びせられ、フィリアは肩を跳ねさせた。

「も、うしわけありません……。身体が勝手に……」

「爪に切り裂かれて死んでいてもおかしくなかったぞ！　俺がフェンリルに倒されるとでも

思ったのか？」

骨が軋むくらいの強い力で両肩を掴まれる。フィリアはこんなにも怖い表情のカイゼルを初めて見た。

「愚かなことをして、申し訳ありません……」

自分より一回りも二回りも大きな獣の前に立ち塞がった恐怖が、今になって足先から駆けあがってくる。肝が潰れるかと思った。死んだとも思った。けれど。

「……けれど……陛下のことを守りたいって思ったら……気付けば身体が動いていました……」

言いながら、フィリアは自己嫌悪に陥る。そうだ。カイゼルがフェンリルに負けるはずがない。けれど彼も人間だ。万が一危険があるかもしれないと思ったら、居ても立っても居られなくて、衝動のままカイゼルを庇ってしまった。

（プライドを傷つけてしまったかしら）

そう思うと居たたまれなくて、フィリアは顔を伏せる。しかし次に返ってきたカイゼルの言葉は、幾分か柔らかかった。

「――――俺を、守りたいと思ったのか？」

「え……？」

「もう一度言ってくれ。そうなのか？」

菫色の透き通った瞳に問われ、フィリアは正直に頷く。

「陛下がお強いのは、承知しています。もし陛下が怪我を負ったら、神聖力で治せばいいことも。でも、それでも……陛下に怪我を負ってほしくなかったんです……」

カイゼルの沈黙が怖い。呆れられてしまったかもしれない。余計なことをしたと罵られても文句は言えない。

しかし彼は口元を押さえると、そっぽを向いて言った。

「俺を守ろうとした女性は、君が初めてだ」

「お許しください。余計なことをしました」

「そうだな。命を危険に晒すことはもう二度としないでくれ」

淡々と紡がれる言葉に、フィリアの胸が針で刺されたような痛みを覚える。けれど次に降ってきた言葉は、ひどく優しかった。

「でも、ありがとう。こんなに嬉しいと感じたのも初めてだ。フィリア」

（――――え……？）

「……陛下!?　私の名前を……」

初めて名前で呼ばれ、フィリアは勢いよく顔を上げた。カイゼルの澄んだ声が、頭の中でリフレインする。勘違いじゃない。確かに彼は、結婚して初めてフィリアのことを名前で呼んでくれた。

ぶわりと、身体の表面から熱が発散する。頬が紅潮してしまうのは嬉しいからだ。

驚愕のあまり言葉を紡げずにいると、それまで余裕がなかったせいで聞こえていなかった周囲の声が耳に滑りこんでくる。騎士団のメンバーが互いに顔を見合わせ、ざわついていた。

「皇妃様が陛下を守ったぞ……？　卑怯なヴィルヘイム出身の妃が……」

にわかには信じがたいと言わんばかりに、騎士団の面々は呟く。すると……。

「それだけじゃないぜ！　妃殿下は身を挺《てい》して、俺らを救ってくれたんだ！」

安全なのを確認して呼び戻されたのだろう。マッシュを始め、ぞろぞろと地下道から引き返してきた入院患者たちが、次々に声を張りあげる。

「僕は神聖力で目を治してもらった！」と言うのはサーシスだ。

入院しているはずの同僚がピンピンした様子で次々現れたため、騎士団のメンバーは口をあんぐりと開ける。

サーシスは熱っぽく言った。

「僕たちがどんなに冷たくあたっても、妃殿下はめげずに毎日見舞いに来てくださったんです！」

エントランスに集まった騎士団のメンバーは、合流した入院患者の話を聞きながらフィリアを品定めするように見る。それに若干の居心地の悪さを感じていると、カイゼルに肩を抱き寄せられた。

そばで見ていたキリアンが、ピュウッとからかうように口笛を吹く。それを歯牙にもかけず、階段の一番上に立ったカイゼルは、階下にいる臣下に向かって宣言した。

「彼女は俺の大切な妻だ」

いくつもの目玉が、一斉にカイゼルとフィリアに向く。周囲からの注目を集めることに慣れきったカイゼルは、臆面もなく言った。

「何人たりとも、心優しいフィリアを軽んじることは許さない」

皆の前で高らかに宣言したカイゼルに、フィリアは金色の瞳を大きく揺らす。その発言により、彼から妻だと認められた気がして羞恥よりも喜びが勝った。

今なら羽を生やして、軽やかに飛んでいけそうだ。そんな気持ちをひた隠すのも難しい。

ずっと、道端に咲く野花のように軽んじられて生きてきた。馬車の車輪に轢《ひ》かれるかのごとく、心無い言葉で心を踏み荒らされ、負った心の傷を手当てすることもなく、笑顔のかさぶたを貼ってきた。

「陛下のご意思と、フィリア様の献身に最大の敬意を」

キリアンはフェンリルの返り血を振り払ってから、剣の切っ先を天に向けて宣言する。すぐさまマッシュとサーシスが胸に手を当てて敬礼のポーズを取り、他の騎士団のメンバーもそれに倣う。

一糸乱れぬ彼らの敬礼に、フィリアは圧倒された。彼らは皆、フィリアに対して敬意を払っているのだ。

「ありがとうございます、妃殿下！」

「皇妃様がいなければ、今頃療養所にいる大半の患者がフェンリルにやられていました」

「我々は、ヴィルヘイムの王妹を、皇妃として歓迎いたします」

真摯な顔つきで、騎士団の面々や入院患者たちは謝辞を口にする。慣れない光景にフィリアが泡を食っていると、カイゼルは「胸を張れ」と囁いてきた。

「君の努力による成果だ。君が皆を認めさせた」

「……っはい」

無事を喜び合う患者たちや騎士団のメンバーとのやり取りを見下ろしながら、フィリアは破顔する。嫁ぐ前は、こんな光景、想像すらできなかった。

けれど――フィリアの嬉しい気持ちは、長くは続かなくて。

騎士団員が後処理に奔走する中、パキ、パキと小枝を踏みしめるような音が、自分の肩を抱き寄せるカイゼルの身体から響く。おおよそ、普通の人間の身体からは聞こえない音だ。

（――え……？）

彼を見上げれば、さっと目を逸らされる。その横顔は苦虫を噛み潰したようで、顔色は紙のように白かった。

「陛下……？」

「何でもない」

「ですが、何やら身体から音が……」

にべもなく言ったカイゼルに、フィリアは食い下がる。ドクリと、心臓が嫌な音を立てた。

現在進行形で、霜が降りるような音がカイゼルの上半身から響いている。

この音の正体は何だろう。まるで、結晶でもできるかのような――……。

そこまで考えたフィリアは、一つの可能性に行きつく。

すると居ても立っても居られなくなって、フィリアははしたないと思いつつもカイゼルの胸元のボタンを外した。

「ご無礼をお許しください……！」

「おい！　フィリア？」

震える手がもどかしい。杞憂であればいいと思いながら、フィリアはカイゼルのシャツのボタンをすべて開けてはだけさせる。

焦りと緊張で強張った手を使いフィリアがカイゼルの服を捲《まく》ると、彼の指先から横腹までの広い範囲が、急速に結晶化しつつあった。薄い氷を踏んだような音が続き、まだまだ範囲は広がっていく。

金剛石で人型の彫刻を作ろうとしているみたいだった。

「陛下‼　結晶化が……‼」

フィリアは絹を裂いたような悲鳴を上げる。すぐそばにいるキリアンや、陛下の騎士団員たちが大きく息を呑んだ。

（大きな魔法を使って消耗したから……!?　連日討伐に出ていらっしゃったし、きっと身体が疲弊して、結晶化を食い止める抵抗力がないんだわ……）

このままでは、カイゼルが物言わぬ石像となってしまう。ダイヤモンドのように硬質で透き通った輝きを放つ彼の胸元を見ると、フィリアは恐怖で喉元がつかえる。

青ざめた頬に、ふと石のように硬いカイゼルの指が触れた。上向かされたフィリアは、困ったように笑う彼と視線を合わせられる。

「そんな顔をするなよ。俺の身体が宝石のようになるのは、努力の証だろう？」

以前自分が言った言葉を茶目っ気たっぷりに引用されて、フィリアは零れそうになった涙を堪える。

「そうですが……でも……」

（結晶化が醜いなんて思わない。むしろこの世のものとは思えないほど美しくて、そのまま陛下が、この世界から隔絶された場所に行ってしまいそう）

「陛下が動かなくなってしまうのは、嫌です……」

「そうだな。身体が固まって、君の涙を拭えなくなるのは嫌だな」

長い睫毛に縁どられた瞼をゆっくりと閉じ、カイゼルは囁く。

大きすぎる魔力の負荷から守ろうと、身体が休息を訴えて気を失ったのだろう。意識をなくしフィリアの肩にもたれかかってきたカイゼルを受けとめ、そのまま重さに耐えきれず膝から座りこんだフィリアは涙声で叫んだ。

「陛下……‼」

いまだ止まらない結晶化に、必死で耐えていた涙がボロリと零れて頬を伝う。

「いや、いや……！」

（ああ、お願い。私の神聖力、枯れてもいいから彼を癒して。陛下が動かなくなるなんて絶対に嫌です！）

意識のない、美しい人形のようなカイゼルを抱きしめる。今さら、フィリアは自分も激しく消耗していることに気付いた。療養所内にいる、自力で歩けない患者を何人も治療したのだから当たり前だ。

今まではアドレナリンが出ていたせいで気にならなかったけれど、意識のない人間を支えようとしたことで水気を絞られた布巾のような体力を思い知る。

けれど、でも――――……。

カイゼルの土埃でくすんだペールブロンドに頬を寄せ、フィリアは神聖力を捻りだす。大輪が開くような光を放出しながら浄化を進めると、身体のネジがいくつか外れたみたいな感覚がした。

眩い光に包まれたフィリアとカイゼルに、周囲は圧倒されて静まり返る。

「……っ、フィリア様、血が」

そう発したのはキリアンだ。

神聖力をカイゼルに送りこむ中で力みすぎたのだろう。目から一筋、血が流れて視界が滲む。それでもフィリアは、全身を巡る神聖力が枯れるまでカイゼルに浄化を続けた。


身体が内側からお湯を注がれたみたいに温かい。そう思いながら、カイゼルは眠りの淵から目を覚ました。頭の後ろに感じるのは、慣れた枕の感触だ。ということは、ここは皇宮にある自分の寝室かと、カイゼルはぼんやり考える。

長い睫毛に縁どられたアメジストの瞳は、寝ぼけているせいか霞んでいる。目元を擦ってスッキリしたい。そう思い手を持ちあげようとしたところで、カイゼルは何者かに握られていることに気付いた。

(何だ……?)

首だけ起こすと、ベッド脇の椅子にかけたフィリアが、カイゼルの左手を両手で握ったままベッドに突っ伏すようにして眠っているのが見えた。

「……フィリア?　どうしてここに……?」

妻を起こさないよう細心の注意を払って起きたカイゼルは、清潔なシャツに着替えさせられた自分の手元をまじまじと見つめる。

「結晶化が……引いている……？」

気を失う前の記憶が徐々に蘇ってくる。療養所で大勢のフェンリルを一掃するために膨大な魔力を使った自分は、半身が結晶化したはずだった。それなのに、今は手首から前腕まで症状が引いている。腕が強張ってしまい動かしづらいものの、倒れる前のような状態――全身に重たい甲冑を纏って歩いているような状態より、ずっと楽だ。

「……まさか、君が治してくれたのか？」

穏やかな寝顔は答えない。

フィリアの神聖力が日に日に高くなっているのは、カイゼルも感じていた。彼女は心的状況によって力が左右されるのだろう。ちょっとずつ訓練を重ねて自信をつけ、またよく笑うようになってから、力が増した。

けれど、フィリアの能力をそれだけで片付けていいものか。

そこまで考えて、カイゼルはベッド脇の小机に置かれた水を張った桶や、そこに浸されたタオルの存在に気付く。

「……神聖力を多用して、疲れていただろうに。君は俺の看病までしてくれたのか？」

電池が切れたように眠るフィリアからの返事はない。ただ、言葉の代わりにカイゼルの手を握る力が強くなった。

無意識の彼女に両手をギュウギュウと握られたカイゼルは、こみあげてくるような愛しさを感じ、目を細める。そう、胸の内から泉のように湧きあがるこの感情の名前は。

「愛しいなんて気持ちは、知らなかったんだけどな」

大切だとか、守りたいという気持ちは国民に対して抱いてきた。けれど、特定の誰かを慈しみたいと感じたのは、フィリアが初めてのことだった。

まろい頬も、薄い瞼に隠された大きな瞳も、頼りなくて薄い肩も、気丈に振る舞う背中も、全部守ってやりたいとカイゼルは思う。彼女を精いっぱいの愛で、空のように包みこみたい。

健気で、遠慮がちなフィリアに自分の隣にいてほしい。

「いつの間に、君のことがこんなに好きになっていたんだろうな」

恋心を自覚してから思い返せば、惹かれたきっかけはフィリアが結晶化した指を努力の証だと言ってくれた時だろう。

ただあの時はまだ恋愛感情と呼べなかったものが、フィリアと過ごすうちに、しんしんと雪のように積もって恋心になっていった。ひたむきで優しい一面を知る度に、頼りない背中を支えてやりたいという気持ちが膨らんで。

自分に得もないのに、カイゼルのために神聖力を磨こうとするフィリアのことが、可愛くないはずがない。献身的な彼女を、いつからか目で追うようになっていった。

決定打は、フィリアが療養所でカイゼルを救おうとしたことだ。生まれてこの方、守る側だった自分にとって、守られるという感覚は初めてだった。周囲も、護衛についている騎士たちでさえ、カイゼルが地に伏す姿を想像したことはないだろう。それくらい、カイゼルは強い。

けれど、フィリアは。

夫である自分が強いことを知っているはずなのに、まるで普通の人間かのように守ろうとした。初めて、カイゼルは人間扱いをされた気がしたのだ。

「君はいつも、俺に初めての気持ちをくれる」

フィリアの藤色の髪を梳きながら、カイゼルは優しい表情で囁く。

「……好きだ、フィリア。ずっと俺のそばにいてくれ」

異性に、自分の隣にいてほしいと感じたのは初めてのことだった。カイゼルは眠り続けるフィリアのつむじへ、そっとキスを落とす。

その感触で目が覚めたのか、フィリアはうっすらと瞼を押しあげた。

「……ん……陛下……？」

髪の色と同じく淡い色をした睫毛をパチパチと瞬き、フィリアはとろりとした瞳でカイゼルを眺める。すると覚醒したのか、すぐさま大きな瞳に心配の色が宿った。

「……っお加減は、いかがですか？　どこか痛かったり、苦しくはありませんか？　わ、私、お医者様を呼んできます」

「フィリア」

立ちあがろうとしたフィリアの手を引き寄せ、カイゼルが呼ぶ。

「……っはい」

「君のお陰で具合は随分いい。ありがとう」

「いえ、私は……」

「君こそ疲れているだろう。俺の看病でちっとも休んでいないんじゃないか？」

「平気ですっ」

フィリアは即答する。けれど青白い顔色は、病人と呼んだ方がしっくりくるとカイゼルは思った。

「ここに来てすぐの頃みたいに、目の下に濃い隈をぶら下げて言う台詞じゃないな」

「あ、う……」

カイゼルがフィリアの目元をなぞると、紙のように白かった彼女の頬に朱が差す。

好きだと自覚してしまえば、フィリアの一挙手一投足が可愛くて仕方ないとカイゼルは思った。

「本当に平気です。ここで、陛下の具合が完全によくなるまで看病させてください。でないと、不安で……」

フィリアは拳をギュッと握りしめて俯く。声が震えていた。

「陛下の体調が急変してしまったらと思うと、怖くて」

（そういえば、フィリアは事故で母親を亡くしているんだったな。自分のあずかり知らないと

ころで、人の命が潰える怖さを知っているのか）

「……分かった」

カイゼルが言うと、フィリアは安堵から細い息を吐く。そんな彼女が愛しくて、カイゼルは壊さない程度の力で引き寄せた。

「じゃあ一緒に寝よう。フィリア」

「へ？　あ……っ？」

「こうやって抱きしめ合って眠れば、俺が生きていることが分かるだろう？」

バランスを失ったフィリアが、ベッドに倒れこむ。それを両手で受けとめ、カイゼルは彼女を抱きしめた。

「陛下……っ!?　何を……」

哀れなくらい慌てふためいたフィリアだったが、腕の拘束から抜けることは無理だと悟ったのか大人しくなる。それから少しして、遠慮がちにカイゼルの胸板に自身の耳をピトリと寄せてきた。音を聞いているのだろう。

その仕草に、カイゼルは愛しさが増す。

皇妃教育で寝不足が続いていた彼女を寝かしつけた時を思い出す。そんな前の出来事でもないのに、随分遠くまで来たような気がした。

あの時の自分に、嫌っていた国の王妹に対し恋心を抱いていると言ったらとても信じないだろう。けれど、今は腕の中にすっぽりと収まるフィリアの存在が可愛くて仕方がない。

(合わせ貝みたいだ)

抱きしめ合った身体は、まるでパズルのピースが嵌まったみたいに、ピタリと身体に馴染む。

(和睦のために、お飾りの皇妃でいてもらうつもりだったが……今は彼女の気持ちが欲しい。俺の隣で、いつも幸せそうに笑っていてほしい)

自分の両腕は、フィリアを抱きしめるために存在しているような気までする。随分恋愛脳になったものだと、カイゼルは己に呆れた。


療養所の一件以来、確実に変わったことがある。その一つは、アレンディアの民のフィリアに対する態度だ。

「どうか我々を、妃殿下の侍女にしてくださいませ!」

広間にズラリと並ぶ使用人たちは、ざっと百人を超えている。彼女らを前に、フィリアはパチリと大きな目を瞬き、隣の玉座に座るカイゼルを見やる。それから「えっと……?」と促した。

「療養所に入院していた者たちが、フェンリルの件で君の活躍を皆に言いふらしたらしい」

カイゼルはフィリアに崇拝の視線を送る使用人たちを見下ろして言った。

「使用人だけじゃない。君の専任の護衛騎士になりたいと、騎士団に勤める三十人ほどからも嘆願されている」

「そんなことが……？　わ、私なんかについていただくなんて……」

「私『なんか』じゃなくて、君『だから』仕えたいと思うんだろう」

カイゼルは穏やかに微笑んで告げる。

フィリアは恐れ多くて目眩《めまい》がしそうだと思った。けれど、アレンディアの民に受け入れられたことは嬉しい。

「私はちゃんと、最初からフィリア様の優しいお人柄を見抜いていました」

玉座に続く階段のそばで拗ねたように呟くのは、専属侍女の座を奪われまいとするメイリーンだ。カイゼルのそばに侍《はべ》るキリアンも、面白くなさそうに腕組みして言う。

「ただの従士がフィリア様をお守りできると思うなよ。護衛は師団長の僕の仕事だ」

「ったく……魔獣舎の塔にいる魔法士たちも魔法生物を治してくれた礼がしたいから君に会わせろとうるさいし、国民の皆も一言礼が言いたいと皇宮の前に連日詰めかけている。慕われているな、君は」

カイゼルは満更でもなさそうに言う。対してフィリアは、恐縮しっぱなしだ。

「どうして国民の皆様まで……!?」

「新聞ですよ。マッシュが、フィリア様の活躍がなければ療養所に入院していた奴らは全滅していたって記者に訴えてましたから。ご覧になります？」

キリアンが懐から手帳を取りだし、挟んでいた新聞の切り抜きをフィリアに見せる。大見出しに『ヴィルヘイム王家出身の皇妃が皇都を救う』と書かれていた。

「す、スケールが大きくなっていませんか……⁉」

脚色された見出しにフィリアが青ざめていると、カイゼルはおかしそうに喉で笑いを転がす。

「君にとってプラスになることなら、好きに書かせておくといい」

「恐れ多すぎます……」

大勢から好意を向けられることに慣れていないフィリアは、痛む胃を押さえながらカイゼルに告げる。そしてもう一つ、フィリアには戸惑っていることがあった。

こちらを見つめるカイゼルの瞳が、以前よりも蜂蜜のように甘いのだ。キリアンはカイゼルのことを『ツンデレ』と称していたが、療養所の一件以来、彼の『ツン』は風で吹き飛んでしまったのか、『デレ』だけが留まっている。

その証拠に、カイゼルは事あるごとにフィリアのそばにいるようになった。

例えば広間を後にしてから、カイゼルは公務を、フィリアは皇妃教育を受けていたが――休憩時間になり、フィリアがカイゼルから貰った眼鏡を外して一息ついていると、庭園のガゼボに彼が現れる。

最近では朝食の他に、庭園でお茶をするのもお決まりとなっていたからだ。飼っている不死鳥のピーちゃんが滑るように飛び回るのを眺めながら、甘い紅茶をいただくのが習慣化している。

「あの不死鳥も、随分元気になったな。定期的に浄化してやってるのか？」

朝食の席で会話に窮していたことが懐かしく感じるほど、今やカイゼルから話題を振ってくれる。それだけで嬉しくて、フィリアはニコニコと答えた。

「はい。抱っこして浄化しています」

「重くないのか」

「少し。ですが浄化は、密着した方が効果を感じられますので。療養所で陛下がお倒れになった時も、抱きしめ……」

そこまで言って、フィリアはしどろもどろになる。カイゼルは片眉を吊りあげて言った。

「あの時、俺のことを抱きしめたのか」

「いえ、あ、はい……！　も、申し訳ありません。陛下の許可も取らずに」

「いや、いい。……そうか。無理にでも意識を保っておくんだったな」

「起きておられれば、私に抱きしめるのをやめるようおっしゃれますものね」

「違うな。起きていたら、君を抱きしめ返せたのにと思ったんだ」

そう言って、ティーカップに口をつけるカイゼルの顔は涼しげだ。けれどフィリアはそうはいかない。前髪に隠れた額まで真っ赤に染めて、涙目になった。

（気のせいでしょうか。陛下……フェンリルの襲撃事件以降、言動がとても甘いです……）

キャラメルのように甘いカイゼルの言葉に浮かれつつも、幸せに慣れていないフィリアはぼんやりとした恐怖を感じた。

何故なら、人生の絶頂にいる時こそ、暗い影はすぐそこまで迫っているものだ。

飛行を楽しんでいた不死鳥が高らかに鳴く。それに反応して顔を上げると、噴水の向こうからこちらに向かって来る人影が見えた。

「アレンディアの宝石であるカイゼル陛下とフィリア妃殿下にご挨拶を申しあげます」

ロマンスグレーが似合う紳士は、老齢の割にかくしゃくとして背筋がピンと伸びている。現れた彼は、見た目同様、渋味のある声で言った。

「陛下はとても皇妃様を大事にしてらっしゃるのですなぁ。我が国がヴィルヘイムと相容《あいい》れることは、私の生きているうちはないと思っておりましたが……お二人が両国の架け橋となってくださり、嬉しい限りです」

「宰相か」

カイゼルはガゼボの前までやってきたローデン宰相を視認し言った。フィリアがドレスを摘《つま》んで礼の姿勢を取ると、彼は朗らかに「どうかそのままで」と告げる。

「ご挨拶が遅れて申し訳ありません。療養所での妃殿下の活躍は聞き及んでおります。貴女様の尽力があったからこそ、死人を出すことなく討伐を終えることができたのでしょう」

「いいえ、私ではなく、陛下や騎士団、療養所にいらっしゃった方々が奮闘してくださったお陰です」

フィリアが首を横に振ると、宰相は感心した様子で「謙虚な方だ」と言った。

「実に素晴らしいですな。療養所で倒れた陛下のことも、神聖力でお救いくださったとか。これからも是非、継続して陛下の魔力過多を抑えていただきたい」

「……頑張ります」

ドキリとして、フィリアはつい引きつった笑みを返してしまった。

療養所でのカイゼルの完全な結晶化は、確かに食い止められた。けれど、彼の症状は確実に以前より進行している。もし今後もあの時のように急激に結晶化が進み、全身がダイヤモンドのように固まってしまったらと思うと、フィリアは薄ら寒くなった。

きっと無能と言われてきた自分には、カイゼルが結晶化を起こす度に、それをチャラにできるほどの神聖力がない。いつか能力の低い自分では、カイゼルの結晶化を止められなくなる時が来る。そう思うと、足元がガラガラと崩れていくみたいに感じた。

（私が、レイラみたいに強い神聖力を持っていたら……）

カイゼルを救えるのに。努力では彼の結晶化のスピードに追いつかないかもしれない。ここ数日、沢山の人に認められて目を逸らしていた問題が、高い壁となって目の前に立ち塞がる。

フィリアが押し黙っていると、彼女の神聖力が低いと知らぬ宰相は、明るい声で言った。

「陛下と妃殿下の仲睦《むつ》まじいご様子を見て安心いたしました。これならば一月後の友好パーティーで、ヴィルヘイムの来賓も安堵されることでしょう」

「……え……？」

フィリアの表情が、思わず凍りつく。が、フィリアがヴィルヘイム側に虐げられてきたことなど知る由もない宰相は機嫌よく続ける。

「妃殿下のお陰で、アレンディアの民のヴィルヘイム嫌いも緩和されました。今こそ和平条約を結んだ祝いも兼ねて、かの国の首脳陣と友好を深める時です。両国のよりよい未来と発展のためのパーティーにしたいですな」

穏やかに爆弾を落とした宰相は言うだけ言うと、早々に去っていってしまった。どうやらフィリアに礼を言うのが目的だったようだ。

残されたフィリアは、どっと全身から嫌な汗が噴きだすのを感じる。みるみる顔色が悪くなっていく妻を見かねたカイゼルは、事情を説明した。

「ヴィルヘイム側からの申し入れで、友好パーティーを開くことになった」

「……そう、ですか……」

「すまない。向こうの国から提案をされた時に、君と実家の関係を知っていれば断ったんだが」

「いえ、私のためにそのような必要は」

気遣わしげなカイゼルに、フィリアは慌てて言う。その弱々しい表情に、彼は眉を曇らせた。

「俺が伏せっていたから、開催日程は先ほど決まったばかりだ。君にはもっと詳細が決まってから伝えるつもりだったが……ヴィルヘイムからは国王の他に、王太后や第二王女もやってくるとのことだ」

「分かりました……」

（レイラと王太后様が……）

フィリアはドレスがしわになるくらい強く握りしめる。

国同士の友好パーティーとなれば、当然皇妃である自分も参加することになるだろう。レイラとエリアーデに会うことを思うと、胸に碇《いかり》が落とされたみたいに気が重くなった。

しかし……。

「君は友好パーティーに参加しなくていい」

フィリアがヴィルヘイムで受けてきた仕打ちを知っているカイゼルが言った。フィリアはその優しさが嬉しくもあり、気を遣わせたことに情けなさも感じる。

「君にひどいことをした者たちに会いたくはないだろう。大丈夫だ。パーティーの期間中は体調不良ということにすればいい」

「期間はどのくらいなのでしょうか」

「二週間を予定している」

暗い顔をしていたフィリアは、思わずイエローサファイアを想起させる目をパチリと瞬く。

さすがにその期間を体調不良と嘘をついて乗りきるのは無茶がある。カイゼルもそんなことは重々承知だろうに、滅多に冗談を言わない彼がそんなことを口にするなんて意外だった。

フィリアのそんな思いが表情に出ていたのか、カイゼルはきまりが悪そうに言う。

「俺が君を、ヴィルヘイムの者たちに会わせたくないんだ。君が苦しむ顔は見たくない」

パーティーのことを耳にしてから冷えきっていたフィリアの頬に、カイゼルの手が伸びる。その手に優しく撫でられながら、フィリアは心に温かい灯が灯るのを感じた。

（陛下は本当にお優しい方。和睦のために政略結婚した私にまで、お心を砕いてくださるなんて）

追い風に吹かれたみたいだ。レイラたちに会うことを怖がっていた気持ちが、頑張ってみようと奮い立つ。

「……大丈夫です。お心遣いありがとうございます。むしろ陛下、ヴィルヘイムの首脳陣の出迎えは、私一人でさせてください」

「何を……俺は君のそばにいる」

「いいえ。お願いします。どうかお聞き入れください」

好いている人に、自分が罵られる姿を見られる惨めな思いはしたくない。フィリアの懇願に、カイゼルは眉根をギュッと寄せて言った。

「――――分かった。だが何かあったらすぐに俺を呼べ。それから、キリアンは君のそばに置く」

「承知しました」

譲歩してくれたカイゼルに、これ以上の我儘《わがまま》を言うのは憚《はばか》られる。キリアンには恥ずかしいところを見せてしまうかもしれないなと思いながら、フィリアは一月後に控えたパーティーに思いを馳せた。

第五章　愛しているから、バイバイだね

鯨のように大きな入道雲が、夏が近いことを知らせる。清らかな蒼穹《そうきゅう》の下では紙吹雪がそこかしこで舞い、かつて敵対していた両国の友好を祝していた。

皇都の通りにはカラフルなテントが張られた露店が立ち並び、広場では音楽隊が軽快な音楽を奏でている。アレンディアとヴィルヘイムの国旗がそこかしこにはためく街を護衛と共に散策すれば、驚くほど多くの民から笑顔で「フィリア様！」「妃殿下！」と声がかかった。

（皆さんの視線が温かくてとても嬉しいのに、どうしても暗鬱な気持ちは消せないわ……）

食欲はなかったものの、給仕を心配させまいと皇宮で昼食を取ったフィリアは、午後になるとヴィルヘイムからやってきた馬車を出迎える。

淡い藤色の生地に金糸の刺繍やダイヤモンドが散りばめられたドレスを着たフィリアが固唾《かたず》を呑んで見守る中、車内から血を分けた兄妹が降りてきた。

「アレンディアの建物って、趣味が悪いわ！　権力誇示がひどくて私、大嫌い！」

カナリアを彷彿させる美しい声なのに、レイラの吐きだす言葉はいつも刺々しい。異母妹の喚き声を懐かしいと感じてしまうのは、すっかりアレンディアに馴染んだせいだろうか。

丈の短い鮮やかな深紅のドレスに身を包んだレイラは、非常に苛立った様子だった。対して

濃紺のマントを翻したユーリは、相変わらず小心者らしく周囲を警戒している。

「レイラ。ここはヴィルヘイムじゃないんだ。他国の悪口は控えて」

「あら、お兄様。私に口答えするの？」

「そういうわけじゃ……」

これではどちらが王か分からない。レイラに睨まれてタジタジになっていたユーリの後ろから、「おやめなさい」と冷厳な声がかかる。エリアーデだ。

馬車から最後に降りてきた母親の一喝で、二人は口を噤む。

「出迎えの者が見ているわ」

血のように赤い瞳が、高圧的にフィリアを見下ろして言う。

「とはいえ、たった二人だけのようだけれど」

カイゼルが「出迎えは一人でしたい」という願いを聞き入れてくれたので、目に見える範囲にアレンディアの家臣はおらず、エリアーデたちを出迎えたのはフィリアとキリアンのみだ。

「遠路はるばるやってきた友好国の王族に対して、出迎えが二人なんて。失礼ではなくて？」

エリアーデの言葉は刺々しい。金縛りにあったような気分を味わいながら、フィリアは無理やり口を動かした。

「私がお願いしたんです。……お久しぶりです。お兄様、王太后様、レイラ」

「まあ、お姉様なの⁉」

メイリーンによって丁寧に着飾られたフィリアを一瞥し、レイラは目を見開いた。

「驚いた。無能の役立たずが大層な格好をしているから、一瞬誰か分からなかったじゃない。ああ、でもお姉様の後ろにいるのは監視かしら」

カイゼルの言いつけを守り、フィリアのすぐ後ろに護衛として控えるキリアン。そんな彼に気付いたレイラは、ほくそ笑んで言う。

「お姉様ったら、どうせヴィルヘイムから嫁いできたことで警戒されているんでしょ？……それにしても、随分とハンサムな方が監視についているのね」

キリアンを不躾《ぶしつけ》に眺めたレイラは、彼に向かって告げる。

「大丈夫よ。お姉様は無能だから、監視なんてしなくても何もできっこないわ」

「僕はフィリア様の監視係ではなく、護衛です。陛下よりフィリア様の御身を守るよう仰せつかっております」

一応友好国となった王妹相手だ。キリアンは笑顔を取り繕っていたが、不快感を滲ませて言った。レイラは鼻で笑う。

「お姉様の身を？　冗談でしょう？　お姉様を守る意味なんてどこにあるのよ」

「フィリア様。僕、フィリア様の妹君でなければたとえヴィルヘイムの王族でも切り捨てているところでした」

申し訳程度に顔に笑みを貼りつけたままのキリアンは、フィリアに物騒なことを耳打ちする。

彼が今にも腰に下げた剣を抜くのではと危ぶみ、フィリアは真っ青な顔で囁く。

「キリアン様、お気持ちだけで十分ですから……！」

「ああ、でもそのカイゼル陛下も魔力過多に侵されているそうじゃない」

キリアンの様子に気付かないレイラは、達者な口で喋り続けた。

「死にかけてるから藁《わら》にも縋る思いでお姉様を頼り、待遇をよくしているのかしら。そのお姉様は役立たずなのにね。分かってないの？　哀れな夫婦！」

「……っレイラ！　口を慎んで！」

キリアンに堪えるよう言っておきながら、フィリアの方が先に堪忍袋の緒が切れ注意を飛ばしてしまった。

自分のことに関しては散々言われ慣れている。けれど大切なカイゼルのことを悪く言われるのは辛抱ならなかったのだ。

しかし――――……。

「は？　何その言い方！　誰に向かって偉そうな口を利いているの!?」

嫁いでから艶やかになったフィリアの髪をむんずと鷲掴《わしづか》み、レイラは鬼のような形相で怒鳴る。引っ張られた頭皮が焼けるような痛みを発し、フィリアは頭を抱えた。せっかくメイリーンがやってくれたシニヨンが、グシャグシャに崩れてしまう。

「いっ……！」

「謝りなさいよ！　謝って！」

痛がるフィリアに、レイラは尚も怒鳴りつける。キリアンは急いでフィリアを引き寄せた。

「フィリア様！　大丈夫ですか⁉」

「バカな女！　謝罪の仕方も忘れちゃった⁉」

レイラの怒声が、フィリアの耳を貫く。

（ああ、そうだ）

嫁ぐ前は、ずっとこんな生活だった。気性の荒いレイラの機嫌を損ねては謝罪を強要される日々。自分が悪くなくても、反論は許されない生活を、ずっと強いられていた。

（それが普通だったのに）

ヒュッと、喉の奥が嫌な音を立てる。息を吸っているのに、肺に穴が空いているみたいな気分だ。空気が薄い。溺れてしまいそう。息苦しく感じて、フィリアは背を丸める。

（怖い）

カイゼルに会うまでは、痛みに鈍感な振りをしていた。王太后と異母妹から否定される度に心をすり減らしていると、耐えられないと思ったから。けれどカイゼルの元に嫁いで優しさに触れてしまった心は、すっかり弱くなってしまった。傷つけられたら癒してくれる手を知ってしまったせいだろう。

苦しい。目の前が暗くなる。息ができな――……。

「待たせてすまない。フィリア」

ふと、丸めた背中に大きな手が添えられる。墨汁を落とされたみたいに黒く染まりつつあった視界が、急に開けた。追いつめられて自分の浅い呼吸音しか聞こえていなかった耳は、大好きな安心する声を拾う。

「陛下……!?」

眩いほどの白いマントを翻した正装姿のカイゼルが、守るようにフィリアの肩を抱く。突如として現れたアレンディアの元首に、ユーリは瞠目し、レイラは肝を抜かれたような顔をした。

「は……？　貴方が、カイゼル・アレンディア……？」

「レイラ」

大国の皇帝を呼び捨てにしたレイラを、さすがにエリアーデが止める。そんな彼女は扇子で顔を隠しているため、表情が読めない。

母の言うことだけは聞くレイラは、耳元のピアスをばつが悪そうにいじって口を噤んだ。

フィリアは満月のように大きな瞳を揺らして、カイゼルを見上げる。

「約束を違《たが》えてすまない。どうしても君が心配で、様子を見に来てしまった。が……来て正解だったみたいだな」

いまだ息の整わないフィリアを見下ろし、カイゼルはやるせなさそうな表情を浮かべる。

「――――こんなに震えている」

「兄妹との再会に、感動で打ち震えているのですわ。ねえ、フィリア？」

四肢の自由を奪うような威圧感を込めて、エリアーデが言った。フィリアはその圧に耐えきれず、肩を跳ねさせる。

「俺には怯えているように見えるが」

カイゼルは菫色の瞳に軽蔑の色を滲ませ、エリアーデを睨み据えた。

「あら、フィリアは我が国の王妹です。何を怯える必要があるのでしょうか？」

「愛情を注ぎもしなかったくせに何を言う」

カイゼルは吐き捨てるように言った。

「だが貴殿たちには感謝している。彼女を俺の元に嫁がせてくれたことに」

「まあ。無能なフィリアが、貴方の魔力過多を救う役に立ちまして？」

「彼女は無能じゃない。それは俺と、アレンディアの民が認めている」

カイゼルとエリアーデの間に、冷ややかな空気が流れる。常人なら歯の根が合わないほど険悪な空気が漂う中、カイゼルはフィリアの肩を労わるように撫でて言った。

「フィリア。俺の代わりに出迎えご苦労だった。家族との対面はもういいだろう。戻って休むといい」

「……ですが」

「大丈夫だから、行くぞ」

「は、はい。お兄様、王太后様、レイラ……失礼します」

カイゼルから慈愛に満ちた目を向けられたフィリアは、挨拶をしてからこの場を後にする。

頭の中は、カイゼルが来てくれた喜びと自分を守ってくれたことに対する感謝、そしてこの場を去れる安堵でいっぱいだった。だからだろうか。

フィリアは気付けなかった。カイゼルが現れてから、レイラがずっと黙りこんでいたことに。

「……あれが、カイゼル・アレンディア？　野蛮で冷酷だと噂の……？　あんな美しい人、生まれて初めて見た……」

レイラが熱に浮かされたようにカイゼルの後ろ姿を眺めていたと知っていれば、『ある心構え』ができたかもしれないのに。フィリアは痛恨のミスを犯していた。


カイゼルに連れ戻されたフィリアは、己の失態に深く恥じ入り、彼に手間をかけさせたことをどう謝ろうかと考えていた。

「陛下、あの、ご迷惑をおかけし……」

「謝るな。むしろ謝るべきは俺の方だ。君の家族があそこまで最低だとは思わなかった」

知っていれば、パーティーなど絶対に開かなかったと憤るカイゼルに、フィリアは救われた気持ちになる。代わりに怒ってくれる人がいるというのは、とても心強かった。

そして腹を立ててくれたのは、カイゼルだけでなく。出迎えから戻ったフィリアの髪が鳥の巣のようにグシャグシャなのを見て、メイリーンは悲鳴を上げた。

「ごめんなさい、メイリーン」

「皇妃様は悪くありません！　許しがたいのは皇妃様の妹君です！」

キリアンから事情を聞かされたメイリーンは、レイラの行動にいたく憤慨しながらドレッサーの前でフィリアの髪を結い直す。

「さっきよりもうんと美しくいたしますからね！」

「ありがとうございます」

「滅相もありません！　パーティーで皇妃様が一番輝くお手伝いをさせてください！」

「い、一番ですか……」

（そう。パーティーがあるんだったわ……）

フィリアの気持ちがまたしても沈みこむ。そこでは嫌でも、再びレイラたちと顔を合わせなくてはならない。

「無理をしなくていい。フィリア。今日はずっと部屋にいろ」

暗い顔をしたフィリアを心配し、カイゼルが口を挟む。公務と並行してアレンディアからの招待客の対応で忙しいはずなのに、今もそばにいてくれる彼には感謝と申し訳ない気持ちでいっぱいだ。

（これ以上迷惑をかけたくない）

「大丈夫です。陛下、ありがとうございます」

「フィリア」

「どうか、ご迷惑でなければ一緒にパーティーに出席させてください。皇妃としての役目を果たしたいのです」

「……迷惑なんて、思うはずないだろ」

カイゼルは慈しむように言う。彼の態度に励まされたフィリアは、気丈にも微笑み返した。

（もう、ヴィルヘイムにいた頃の私とは違うもの。それに、私があの国の王家出身である以上、そして両国が友好関係を結んだ以上は、避けては通れない行事だわ）

フィリアは胃がキリキリ痛むのを感じながら、日が暮れていくのを待った。


夏の空は暮れるのが遅い。夜の七時を回っても、海中にいるみたいな薄明るさだ。窓の開いたテラスから夜風が舞いこむ中、皇宮の広間では、盛大なパーティーが開かれていた。

ガラス張りの天井が自慢の空間には、煌びやかな正装をした男女が入り乱れている。特にフロアに集った女性たちのドレスは、階段の上から見るとまるで花のようだ。

「カイゼル・アレンディア陛下、ならびにフィリア・アレンディア妃殿下、ご入場です」

アナウンスに従い、フィリアはカイゼルと共に入場する。今のカイゼルはペールブロンドを片方の耳にかけていることで、シャープな横顔が露になっている。さすがにこういった社交の場に慣れているのか、堂々とした出で立ちだ。

対して緊張で足がもつれそうなフィリアは、彼に腕を組んでもらうことで何とか皇妃らしく振る舞えている。カイゼルのそばにいると、本当に心強かった。

しかし――――少し場の空気に馴染んだところで、会場にさざめきが起きる。フィリアが階段を見上げると、ヴィルヘイムの三人が紹介されて下りてくるところだった。

毒々しい花のような王太后と、優雅な蝶を彷彿とさせる異母妹。美しさに会場はざわつき、紳士たちは二人を囲む。

「母娘共々華やかだな……！　フィリア様は鈴蘭のように楚々《そそ》とした美しさだが、レイラ様は大輪の薔薇みたいだ」

「紳士の方々ったら、鼻の下を伸ばしてみっともない。そりゃ、フィリア様のお陰で以前よりはヴィルヘイムに対する印象がよくなったけれど……」

「前を歩いているのはユーリ陛下か。大人しそうだな……」

そんな囁きが、あちこちで聞こえてくる。

派手なレイラたちと一緒にいるせいか、ユーリは花束のカスミソウのように目立たない。そんな彼は、貴族たちからかけられる挨拶もおざなりに交わし、一直線にこちらへ向かって歩いてきた。

（え……？）

フィリアが不思議に思っていると、思いつめた表情の異母兄はカイゼルの目の前でピタリと足を止める。

「カイゼル陛下、少しよろしいですか。二人で話したいことがあります」

「……お兄様……？」

レイラとエリアーデは、多くの来賓に囲まれて遠くにいる。たった一人でカイゼルに話しかけてきたユーリに、フィリアは虚を衝かれた。けれどカイゼルは特に驚いた様子も見せない。

「今か？」

「ええ、でなければ……」

ユーリは母と妹の方をチラチラと見ながら、気まずそうに言った。

「お願いします」

「……分かった。こちらもいくつか話したいことがある。フィリア、キリアンと共にいてくれ」

「は、はい」

切羽詰まった様子のユーリに、カイゼルはフィリアの手を離して行ってしまう。気持ちが萎むのを感じながらも、フィリアは小さくなっていく二人の背中を見送った。

（元首同士でのお話……よね？　一体何をお話しされるのかしら）

トップ同士が話すのはおかしなことではない。けれど大人しいユーリの方から声をかけてきたのが意外だった。

（内容が気になるけど……ともかく、私は言いつけ通りキリアン様と一緒にいなくちゃ）

周囲を見回すと、少し離れたところで護衛に当たっていたキリアンは、部下に警備のことで話しかけられている最中だった。

少し待つべきか。考えあぐねていると、背後から細腕を無遠慮に掴まれる。振り返れば、レイラの顔がすぐそばにあった。

「……っ」

（レイラ？　さっきまで大勢の人に囲まれていたのに、どうして……）

「何？　離して……」

「お姉様ったら、カイゼル様に放っておかれて一人なの？　かわいそう」

「……」

「だんまり？　丁度いいわ。そのまま黙ってついてきなさいよ」

レイラの強い物言いに、難癖でもつけられるのかとフィリアは構える。

しかし――グイグイと人気《ひとけ》のないテラスまでフィリアを引っ張っていったレイラは、何の挨拶もなく要件を切りだした。

「ねえ、お姉様。カイゼル様を私にくださらない？」と。

「――――――……え……？」

まるで、摘んだ花を一輪くれないかとねだるような気軽な口調だった。しかしその軽快な口振りが逆に恐ろしく感じられ、フィリアの全身から汗が噴きだす。喉が急にカラカラになった。

混乱が頭の中で渦を巻いて、パンクしそうだ。

「言っている意味が、分からないわ。レイラ」

「あら。相変わらず、かわいそうなくらい愚かなのね。お姉様」

頭の弱い姉を哀れむように、レイラは嘆息する。

「カイゼル様と離縁してって言ってるのよ。あの美しい方の隣は、お姉様よりも私の方が似合っていると思うの」

「……どうして、突然そんなことを言うの？」

喉が、震える。異母妹が何を言っているのか、フィリアは理解したくなかった。

「貴女は以前、陛下との結婚を望まなかったじゃない……」

「そりゃあ、あの時はカイゼル様のご尊顔を知らなかったんだからしょうがないでしょ？　あんなに美しい方だと知っていれば、今頃私が皇妃になっていたのに！」

つまり、ついさっき顔を合わせたカイゼルの美貌にレイラは心を奪われたのだろう。昔から美しく綺麗なものが好きな異母妹ではあったけれど、まさかカイゼルまで物のように欲しがるとは思わず、フィリアは怯えを募らせる。

「返事はもちろんオーケーよね？　今までお姉様が私のお願いを聞かなかったことなんて、ないものね？　カイゼル様をくれるなら、さっき噛みついたのは目を瞑ってあげる。ヴィルヘイムに戻れるよう、取り計らってもあげるわ」

よく動くレイラの口元を見ながら、フィリアは胸元を押さえた。

（嫌よ……何を言っているの……？）

レイラにカイゼルを譲る姿を想像すると、フィリアの胸はナイフで割かれたような痛みを覚える。これまで、レイラに対し抱く感情は恐怖ばかりだった。けれど今は、大切な人を物のように軽々しくねだられたことに対しての怒りの方が強い。

反抗的な視線を送るフィリアに対し、レイラは鼻にしわを寄せる。が、すぐに余裕の笑みを浮かべて言った。

「ねえ、これは提案じゃないのよ。命令なの。カイゼル様は魔力過多に苦しんでいるそうじゃない。神聖力の高い私なら、カイゼル様の命を救える。そう思わない？」

勝ち誇ったような笑みを浮かべるレイラに、フィリアは金色の瞳を大きく揺らす。胸の内で暴れ回っていた感情が、一気に鳴りを潜めた。

（――――レイラが、陛下を救ってくれる……？）

「見ていれば分かるわ。お姉様、カイゼル様のことが好きなんでしょう？　あの方を魔力過多から救いたいと思わない？」

（そんなこと）

思う。出会った時からずっと思っている。だから努力してきた。カイゼルが助かるように、低い神聖力を必死で磨いてきた。

けれど、カイゼルの症状がもっと進行してしまったら、自分は彼を救えるだろうか。自信がない。

「分かったら、一刻も早くカイゼル様に私と結婚するようお伝えして。無能なお姉様にも、それくらいはできるでしょう？」

フィリアの肩を叩き、レイラは横をすり抜けていく。反論したいのに、嫌だと叫びたいのに、カイゼルの命を天秤にかけられたら、何も言えない。

残されたフィリアは、その場に石のように突っ立っていることしかできなかった。

日が暮れ、夜空には星々が瞬いている。夏の夜の澄んだ空気を浴びながらも、フィリアの心は凍っていった。レイラの言葉が頭の中でぐるぐると、鍋のスープをかき回したみたいに回っている。

レイラの言っていることは事実だ。国一番の神聖力を持つ異母妹なら、きっとカイゼルを魔力過多から救える。

（あるべき道に、戻ろうとしているのかもしれない）

元々、カイゼルは自分より神聖力の高い者と結ばれた方がいいと思っていた。レイラなら、相手にピッタリだ。なのに。

追いつかないのは、心だ。自分はカイゼルに相応しくないとずっと考えてきたくせに、今さら彼と離れることを思うと、苦しくて胸が千切れそう。

皇妃の座はどうでもいい。ただ、カイゼルのそばにいたい。彼の、そっと花びらが落ちるように控えめに微笑む姿も、呆れながら話を聞いてくれる一面も、愛しいと感じてしまったから。彼とずっと一緒にいたい。

（……いつの間に、こんなにも好きになってしまったの……）

カイゼルと離れれば、少し前の自分に戻るなんて、とんでもない。灰色だった世界は、彼と出会ったことで瑞々しい色に溢れているのだと知ってしまった。そんなカイゼルと離れては——もう真っ黒で、何も見えない気がした。

どれくらいの間、考えこんでいたのだろうか。

むきだしの肩がすっかり冷えて痛みさえ覚えている。けれど動く気になれずにいれば、背後から柔らかな声がかかった。

「フィリア、ここにいたのか。夏前とはいえ、夜のテラスは冷えるだろう」

「……陛下、お兄様とのお話は終わったのですか？」

カイゼルがマントを外し、フワリとフィリアの肩に被せてくれる。当たり前みたいにされたその仕草だけで、胸が切なくなった。

「ああ。キリアンはどうした？」

「あ……少し、一人になりたくて」

そういえば、キリアンと一緒にいるよう言い渡されていたのだった。護衛の彼は、今頃血眼になってフィリアを探してくれているかもしれない。

「戻りましょうか？」

罪悪感を覚えてフィリアが提案すると、カイゼルは短く否定する。

「いや、いい。ここにいるのはちょうどよかった。もうすぐ……」

彼が話している途中で、遠くの空に細長い光が昇っていき、ドンッという音と共に大輪の花が咲く。花火に照らされたカイゼルのペールブロンドが、虹色に染まって幻想的に輝いた。

「花火……？」

「ああ。ちょうど始まったな」

夜空を埋めつくす華やかな光の花は、広間の人々の視線を釘付けにする。アレンディアとヴィルヘイムの友好を祝う演出として打ちあげられる花火に、来賓たちはフロアから大きな拍手を送った。ガラス張りの天井越しに見える花火に視線をやる人々は、テラスにいる二人に気付かない。

「綺麗ですね……」

何の悩みもなく鑑賞できたら、もっとはしゃげていたのに。フィリアがそう思っていると、不意に彼から名を呼ばれた。

「フィリア。君に渡したい物がある」

「え……?」

カイゼルは懐から四角い小箱を取りだす。彼が箱を開けると、中には大粒の石が光る指輪が鎮座していた。

「アレンディアとヴィルヘイムの友好を祝う席で渡すのは、いい機会だと思ってな」

「ダイヤモンド……ですか……?」

「魔石の指輪だ。俺が生みだしたものを加工して作らせた。魔力を持たない者でも、これを使えば魔法が使える」

「そんな素晴らしい物を、私に……?」

「ああ。君が今嵌めている指輪は、婚姻が決まって急ごしらえで用意させたもので、俺が選んだものじゃない。だから、俺が君に合うと思ったものを……君が俺のだって証になるものを贈りたいと思って」

花火に照らされたカイゼルの表情は、ひどく優しい。フィリアは指輪と彼を交互に見つめながら、唇を震わせた。

「どうして……」

一つの可能性に行き着いた胸が震える。

そんなはずない。そんな、まさか、フィリアがカイゼルを想うように、彼も同じ気持ちを抱いてくれているなんてことは……。

「君を好きになってしまったから」

予感が、事実に変わる。

ひどい自惚《うぬぼ》れなんかじゃない。今、カイゼルの整った唇が、フィリアのことを好きだと紡いだ。自分と同じように、彼も好意を寄せてくれている。

（私たち……両想いなの……？）

自分ばかりが、カイゼルのことを好きなのだと思っていた。隣にいて皇妃と名乗れるだけで幸せだった。

なのに……。

「初めは、ずっと険悪な関係だった隣国から来た君を信用していなかった。けれど君は、いつもそのひたむきさと優しさで俺の疑心を解かし、皆の心を掴んだ。そんな純真で穢《けが》れのない君を見ていると、いつからか隣にいたいと思うようになったんだ。ずっと俺のそばで微笑んでいてほしいと」

夢みたいな言葉が夜に溶けてしまう前に、フィリアは一言一句を逃さないよう拾った。

「……君と結婚できてよかった。フィリア」

カイゼルの微笑みが、涙の膜で歪む。フィリアは口元から漏れそうな嗚咽《おえつ》を抑えた。

「改めてプロポーズさせてくれ。君のことを愛している」

「……私、は……」

こんなに嬉しいことってない。自分の弱さや痛みを、星明かりのように優しく包みこんでくれる人。沢山の喜びを教えてくれた人。初めて、愛しいと思った人。

そんなカイゼルが、自分と同じ気持ちを抱いてくれている。虐げられていた頃には到底考えられなかった幸せだ。応えたい。一秒でも早く、彼の気持ちに。

けれど……。

(私が幸せでも、陛下が幸せになるとは限らない)

神聖力の低い自分がどんなに頑張っても、きっと限界はある。それが己のことなら諦めがつくけれど、カイゼルの命がかかっているとなればそうはいかない。彼に死んでほしくない。

(神聖力の強いレイラと結ばれれば、陛下は確実に、魔力過多の苦しみから解放される)

自分ではダメなのだ。

「……ごめん、なさい」

フィリアは肩を震わせ、打ちひしがれたように呟いた。無力感と悔しさから、瞳に大粒の涙が盛りあがる。突如泣きだした妻に、カイゼルは当惑した様子で尋ねた。

「フィリア？　どうして泣く」

「ごめんなさい、陛下」

「嫌だったのか？　フィリア、泣くな。ごめんなさいって……一体……」

「ごめんなさい。……離婚、してください」

泣き崩れたフィリアは、嗚咽まじりに訴える。太腿の後ろに、地面の冷たさを感じて震えた。けれどそれが気にならないくらい、フィリアを息ができないほどの苦しみが襲う。

大好きな人。自分があげられるものなら、すべて明け渡したいと思えるほど大切な人に乞われているのに、応えられない無力な自分が呪わしい。

大声を上げて泣き喚きたいと思った。愛している人の手を離さなくてはいけないのが辛い。

（いつの間にこんなにも、陛下のことを愛してしまっていたんだろう……）

「別れてください」

本心とは真逆の言葉を紡がなければいけないことが、身をズタズタに引き裂かれるよりも辛い。とてもじゃないが、カイゼルの顔は見られなかった。

「フィリア」

一拍置いて、草木に霜が降りるくらい凍えた声がフィリアの名を呼ぶ。こんなに冷たい声を浴びせられるのは、結婚式を挙げた時以来だ。顔を手で覆ったまま、フィリアは肩を揺らす。

「どうしてまた離婚がしたいと言いだすんだ」

「それは……」

淡い色の紅が塗られた唇を、キュッと引き結ぶ。いまだに空に打ちあがる花火の音に負けぬよう、フィリアは訴えた。

「レイラが、妹が、陛下に一目惚れしたそうなのです。是非、私の代わりに陛下と結婚したいと……あの子なら、陛下を魔力過多から救えます。だから」

「だから俺に、君と別れて妹と結婚しろと？」

カイゼルの声は硬い。怒りを無理やり抑えこんだような、不自然な口調だった。

そして————。

「君と別れるつもりは一切ない」

以前にも耳にした台詞を、もう一度聞くはめになった。

衣擦れの音がして、カイゼルが屈む気配を感じる。

「指を出してくれ」

「……あっ」

半ば強引に手を引っ張られ、左手の薬指に嵌まったシルバーのリングの少し上の部分に唇を寄せられる。すぐにピリッとした痛みが走り、ほっそりとした指の付け根に鬱血による赤い花が咲いた。

フィリアの指からシルバーリングを外し、カイゼルは代わりに自分の用意した光り輝く指輪を嵌める。

「この指輪を外すな」

有無を言わさぬ強い口調だった。サイズはピッタリのはずなのに、フィリアには指に嵌められた束縛が自身を絞めあげているように思えた。

「外しても、その痕が残っている限り、君は俺の妻だ」

指についた鮮やかな鬱血痕は、まるで鎖だ。

至近距離で、カイゼルの紫水晶の瞳に射貫かれる。フィリアがその眼光に息を止めた瞬間、冷たい唇を重ねられた。

「……っ！」

口付けられるのは、結婚式以来二回目だ。あの時は、戦場で敵同士が無理やり交わしたような殺伐としたキスだったけれど、今回は……。

互いに想い合っているはずなのに、独りよがりな口付けだった。

「俺が愛しているのは君だ。離れていくことは許さない」

カイゼルの言葉が、フィリアを縛る。

花火が終わっても、フィリアは足に力が入らず、その場を離れられなかった。

その後、探しに来たキリアンは二人の間に流れる深刻な空気を、敏感に感じ取る。そして結局、フィリアは彼に連れられて部屋に戻ることとなった。

パーティーは二週間もの間続く。その間、レイラたちはずっとアレンディアの皇宮に滞在している。

大人しいフィリアとは違い、レイラは利発で愛嬌がある。バターブロンドの豊かな髪も、気の強そうな緋色の瞳も華やかで人目を引くし、きっと接点を持てばすぐに、カイゼルもレイラの美しさに目を奪われることだろう。

フィリアはそう考えているのだが、いかんせん恋愛経験が乏しいため、愛を自覚した男の行動が重いことを理解していなかった。

その結果がこれだ。

「陛下、あの、あ……っ」

フィリアの弱りきった声が、広い室内に響く。

気まずくとも、離婚するまで皇妃の役目はしっかり果たしたい。そう思ったフィリアは、パーティーの翌日にいつも通り自室で浄化行為に励もうとした。が、触れようとした手は掴みとられ、ソファの隣にかけたカイゼルに抱きしめられてしまった。堅牢な腕の檻に閉じこめられて、身動きが取れない。

「陛下、離し……っ」

「以前に、対象相手と密着した方が、浄化の効力が上がると言ったのは君だろう？」

「それは……っ。そうですが、でも」

まさかこの微妙なタイミングで行使されるとは思わず、フィリアは取り乱してしまう。

「嫌ならいつものやり方に戻す」

ずるい、とフィリアは思った。嫌なわけがないのだ。たとえ強引な方法だったとしても、カイゼルのことが好きな自分が、彼に抱きしめられて不快に思うはずがない。

（だけど……！）

「陛下、こんなにくっつかなくとも、レイラなら……！」

神聖力の強い異母妹なら、カイゼルの魔力過多をもっとスマートに治せるはずだ。フィリアはそう言葉を紡ごうとしたが、彼の鋭い声に遮られる。

「何度言わせる。俺が愛しているのは君だ」

嬉しいけれど、苦しい。彼の腕の中は居心地がいいけれど、自分がいるべき場所ではないと痛感してしまうから。

堂々巡りになってしまいそうな雰囲気に、フィリアは肩を落とす。ぐちゃぐちゃな感情に引っ張られて苦悶の表情を浮かべていると、頭上からカイゼルの言葉がかかった。

「……君が神聖力の低さを理由に身を引こうとしているなら、離婚する気はないが……俺とそんなに別れたいのか？」

「陛下……？」

（あ……）

カイゼルの菫色の瞳が切なげに伏せられたのを見て、フィリアは彼をものすごく傷つけてしまったのだと察した。心を閉ざした子供のような横顔に、胸が締めつけられる。

「君がどうしても俺が嫌いだというなら、別れてやる」

嫌いだなんて、どうやったら思えるのだろう。好きすぎて、今も彼の心を傷つけたことに罪悪感で溺れそうだというのに。

それでも、きっと傷は、生きていればいつかは癒える。生きてさえいてくれれば。だから。

(陛下がレイラを選んでくださるために)

「好きじゃ……ありません」

フィリアは世界で一番大切な人を傷つける嘘をつく。それによって、自身も胸から血を流すような苦しみを覚えながら。

「……分かった」

ややあって、カイゼルが硬い声で呟く。彼の腕が離れていくと、フィリアは心に穴が空いて、そこに風が吹きこんだような寒さを覚えた。

「パーティーの間は別れられないが、一段落したら、君の望みを叶える」

「陛下……」

「愛しているからと、身勝手に君を束縛してすまなかった」

カイゼルが謝ることなんて、一つもない。そう言えたらよかったのに。

魂がズタズタに切り刻まれたみたいに痛い。しかし、カイゼルを傷つけた自分には、半身を失ったような痛みに泣く資格もないと感じた。

扉の閉まる音がする。カイゼルが出ていったのだろう。もうその扉を彼が開けてくれることはない気がして、フィリアは別れを実感した。


次の日から、皇宮内でカイゼルとレイラが一緒にいるところを度々目にするようになった。

彼をしっかりと振って正解だったとフィリアは思う。カイゼルは賢い人だ。たとえ今はまだフィリアのことを想っていても、長生きして国を支えるためにすべき選択を誤ったりはしないだろう。レイラに鞍替えするはずだ。

(それでいい。それがいいと、自分が望んだはずなのに……)

「カイゼル様ったら、冗談がお上手なんだから」

メイリーンとキリアンを連れて魔獣舎に向かう道すがら、フィリアは遠くの渡り廊下で談笑する夫と異母妹の姿を見かける。背の高いカイゼルに顔を寄せるため、少し背伸びして話すレイラの横顔は、はたから見ても恋する乙女のそれだ。クスクスと笑声を転がすレイラは、話す時にどこかしらカイゼルを触っていた。

(………)

彼らの距離の近さに、胸をナイフで刺されたような痛みが走る。

二人並んでいる姿は、まるで一枚の絵のようだ。少し前まで、カイゼルの隣にいたのが自分だとは思えないくらい、レイラと一緒にいる姿が馴染んでいる。

　通りがかった使用人や臣下が、彼らが並んでいる姿に見惚れているのもお決まりになっていた。

「陛下ってば、フィリア様がいらっしゃるのに、最近ヴィルヘイムの第二王女とばかりいらっしゃらないか？」

「レイラ様が話しかけに行っていらっしゃるのよ。でも、並ぶととてもお似合いよね」

「おい、やめろ。陛下には妃殿下がいらっしゃるだろ」

　噂好きの使用人たちの話が、嫌でも耳に入ってくる。いつも自分についてくれているキリアンとメイリーンは、カイゼルとレイラが二人で談笑しているのを見かける度に、渋い顔で憤慨した。

「陛下も陛下です！　パーティーが始まって十日、皇妃様の元に全然お通いにならないのですから！　そりゃ、お忙しいと存じてはおりますが……」

　フィリアとカイゼルの現状を知らないメイリーンは、たった今見かけた光景に頬を膨らませる。対して主から事情を聞いているだろうキリアンは、フィリアの方にも物申したそうな顔をしていた。

　メイリーンが魔法生物の餌を用意するため席を外したタイミングで、フィリアは彼に話しかける。

「キリアン様、もう私の護衛をしてくださらなくても大丈夫だと陛下にお伝えください。皇妃でなくなる私がキリアン様のお時間を奪うのは、心苦しくて」

「フィリア様。本当に陛下と離縁なさるおつもりですか」

責めるような口調で、キリアンは言う。フィリアは首を縦に振った。

「その方が、陛下のお身体のためになると、キリアン様もお思いでしょう？」

「そりゃ、アレンディアの民としては、陛下の魔力過多は心配ですが……僕は、フィリア様がいないと、陛下の心が先にダメになってしまう気がします」

「……どういうことでしょうか」

フィリアは足を止め、キリアンの話に耳を傾ける。彼は暗い顔で言った。

「陛下はこれまで一度も、僕たち臣下に弱音を吐いたことはありません。初めて結晶化が起きた時も、自分が一番辛いだろうに、周囲を安心させようとしました。そのうち、宝石のような陛下の指を見せて不快な思いを周囲にさせまいと、手袋を嵌めて隠すようになった。何事もなかったかのように。そうして、自分の感情も上手にお隠しになったんです。だから」

キリアンはエメラルドの瞳で、フィリアを真っすぐに見つめて言った。

「他国から来た貴女に、心を許していく様を見て正直驚きました。氷の仮面を被って感情を殺していた陛下を、貴女だけが普通の人間のように扱ってくれた。そんなフィリア様と離れたら、陛下は……」

キリアンは一旦言葉を切り、彼らしくもなく、硬い声で続けた。

「僕は陛下から、貴女のそばを離れないよう仰せつかっています。陛下は離婚を待たず、フィリア様が皇宮から出るのではないかと心配しているんですよ。だから離れません。そしてどうかフィリア様、本当に別れるまでは、陛下のそばにいてください。そんな日が来ないことを願っていますけどね」

いつも陽気なキリアンが、深々と頭を下げる。フィリアは慌てて彼に頭を上げるよう頼みながら、複雑な感情に駆られていた。


様々な感情を抱えていても、時は過ぎる。

離婚はいつ成立するのだろうか。

友好パーティーの間は無理だと分かっているが、カイゼルの身体のことを思うなら早い方がいいだろう。そして、離婚が成立した際の自分の身の振り方も考えなくてはいけない。

ちなみに、ヴィルヘイムに戻る気はさらさらない。ならばどうするか。

アレンディアで生計を立てることは、許されるだろうか。もうすぐ縁もなくなるフィリアが願うのは身勝手だと理解しているが、たとえ遠くからでもいいから、カイゼルのことを見守りたい。

（どんなきつい仕事でも、劣悪な環境でも耐えてみせるわ。陛下のご無事が耳に届くところで

暮らせるなら……ああでも、それも）

レイラがアレンディアに嫁げば、許されないかもしれない。淡い願いも叶わぬ未来を想像し、フィリアはベッドの上で膝を抱えた。

そんな夜を繰り返し、連日連夜開かれるパーティーでもカイゼルとレイラが寄り添っている姿を目にしながら、いよいよ最終日の夜を迎えた。

シャンパンゴールドのAラインに広がるドレスは、妖精の鱗粉を纏ったかのように美しく輝いている。しかしそれを着るフィリアの表情は暗かった。

近頃はカイゼルとレイラの親密具合に、彼が心変わりしたのではないかと噂を立てる者も出始めている。そんな中参加するパーティーでは、身の置き所がない。

（自分で別れを望んだくせに、陛下とレイラの睦まじい姿や噂を聞く度に傷つくなんて、お門違いもいいところだわ。自分に呆れてしまう）

白い小花をふんだんに散らしたハーフアップの髪をいじり、フィリアは壁の花になる。ちょうどキリアンが飲み物を取ってきてくれたところで、キャラメルのように甘い声色に呼び止められた。

「お姉様」

振り返れば、パーティーの初日以来一言も話していないレイラが、笑顔で立っていた。花飾りが幾重にも重なった、ミニ丈のドレスに身を包んだ彼女は、フィリアの腕を親しげに組む。

「ちょっと抜け出せない？　二人でお話しがあるの」

（――――ああ、きっと陛下とのことね）

「キリアン様、レイラと二人きりにしていただけませんか？」

フィリアが断りを入れると、キリアンは食い下がった。

「フィリア様、ですが」

「お願いします。勝手なことを言っているのは百も承知ですが……惨めなところを見られたくないんです」

きっとレイラからは、カイゼルと結ばれたと聞かされるのだろう。その時にキリアンがいては、フィリアは人目が気になって泣けない。一人で悲しみに浸る時間が欲しいのだと目で訴えれば、キリアンは苦渋の表情を浮かべて了解してくれた。

レイラに腕を組まれたままパーティー会場を抜け出し、人気のない庭園に出る。背の高い灌《かん》木《ぼく》によって区画され、芳しい薔薇のオベリスクが並ぶそこはまるで迷路のようだ。中心部の噴水の前まで来てようやく視界が開けたが、レイラは尚も歩みを止めない。

目的地が分かった時にはもう、背の高い時計台の下にいた。

いくつもの尖塔が目立つそこに入るのは初めてだ。外側からは内部の様子が見えないので、内緒話をするには最適と言えたが、いかんせん暗い。

長い階段を上る間、窓から差しこむ月明りによってぼんやりと浮かびあがった巨大な鉄の歯車たちが不気味だった。巨大な釣り鐘のあるてっぺんまで登りきると、レイラがようやく振り返る。

しかし、そこにいたのは、会場でニコニコと笑みを浮かべていた異母妹でなかった。青白い月を背負って仁王立ちしているのは、般若のようなレイラだ。

彼女はスウッと息を吸うと、割れんばかりの声でフィリアを怒鳴りつけた。

「どういうことよ！　カイゼル様に『私とは結婚しない』って言われたじゃない‼」

「……え……？」

何を言われたのか一瞬理解できず、フィリアは放心状態で聞き返す。分厚い雲が月にかかって、先ほどよりも薄暗い。それでも憤激したレイラの表情はよく見えた。

「陛下が……？　どうして……？　だって、私とは離婚してくださるって……」

（レイラは何を言っているの？　この子の言っていることは本当なの？）

離婚を申し出たフィリアに、カイゼルは望みを叶えてくれると言っていた。その後、彼はレイラと一緒にいる時間が長くなった。それは神聖力の低いフィリアではなく、レイラを妻に据えると決断したからではないのか。

（別れてくださるというのは、嘘だったのかしら……）

いや、カイゼルがそんな不誠実な人柄でないことは、フィリアはこの数カ月で熟知している。

では何故……？

フィリアが呆然としていると、レイラは金切り声で怒鳴った。

「お姉様に振られても、お姉様を虐げてきた私とは絶対に結婚しないって言われたわ！　別れても、この先ずっと独身を貫き通して、お姉様を愛し続けるって……!!　何でお姉様なのよ!?　私のどこが、つまらないお姉様に劣るって言うの!?」

レイラの喚き声が、耳元で反響する。けれどフィリアは、カイゼルが放ったという言葉が耳にこびりついて離れなかった。

（陛下は、身勝手に別れたいと言った私を……この先も愛してくださるおつもりなの……？）

鞍替えしてくれればいいのに。そしたらレイラの神聖力を使って、カイゼルは長生きできる。賢い彼なら、きっとその道を選ぶに違いないと思っていたのに。

（私と別れる以上、レイラを選ばないなら、どのみち陛下の寿命は縮んでしまうのに……。私は陛下を拒絶して傷つけたのに。それでも……？）

命を懸けて、自分を愛してくれる人がいる。その事実に、フィリアは打ち震えた。

喉元が熱い。感情がこみあげて、爆発しそうだ。誰よりも優しい人。愛しい人を私が幸せにしたいという強い思いが迸って、叫びだしたい。

（――――ああ、もう。我儘を言ってもいいのかしら。自分の思うように生きても）

幸せになりたかった。母の言う通り幸せに気付けるよう前を向いて笑顔でいたけれど、自分には幸福なんて手にできないのでは、と思ったこともある。

けれど……。

（私の幸せは、陛下が与えてくださった。それを、掴みたい）

自らの命を天秤にかけてもカイゼルがフィリアを選んでくれたなら、自分も彼の想いに応えたい。その願いが、胸の中で弾けた。

「お姉様の口からちゃんとカイゼル様を説得して！　私と結婚するように言って‼　あんな美形、どこ探したっていないんだから！　絶対に私のモノにするわ‼」

フィリアの瞳に爛々と光が灯ったことに気付かないレイラは、憤った様子で声を荒らげる。

これまでの自分はその姿が怖かったのに、今は不思議と恐怖心が湧かなかった。

だから、声も震えずに伝えられる。

「嫌よ」

「……は？」

フィリアの落ちつき払った様子にレイラは少し怯んだが、すぐに持ち直し、低い声で唸る。

ヴィルヘイムにいた頃、散々耳にした不機嫌な声だ。あの頃は口答えなんて考えられなかったけれど、今は違う。胸を突き動かす衝動に任せて、フィリアは気丈に口を開く。

「私が陛下を幸せにしたいの。私が陛下のおそばにいたい！　だから陛下を物扱いするレイラには、渡さないわ！」

（ごめんなさい、陛下。弱くてごめんなさい。自信がなくてごめんなさい。正直、神聖力の強いレイラに対する引け目がありました。陛下を幸せにできないのではと、不安に押し負けていました。でも、もう貴方から、自分の気持ちから逃げません。神聖力が弱くたって、私が……！）

「はあ⁉　生意気‼」

レイラの長い爪が、フィリアに向かって伸びる。大上段に振りあげられた手が、乾いた音を立ててフィリアの頬を叩いた。強い威力に、フィリアはたたらを踏む。

その胸倉を掴んだレイラは、口角泡を飛ばして叫んだ。

「神聖力の低いアンタに何ができるのよ‼」

「できる、できないじゃないわ！」

フィリアはジンジンとひどい熱を持った頬を押さえ、腹の底から叫んだ。

「どんな方法だって探す！　陛下は私を幸せにしてくださった。だから私も……神聖力が低くたって、私が陛下を幸せにする！」

「アンタなんかが、誰に口利いてるか分かってるの⁉　謝りなさい！　土下座しなさいよ！」

人を殺しそうな剣幕で、レイラが凄む。

「別れなさい！　言うことを聞けよ！」

「いや……っ、離し――――」

その時、コツッと小気味のよいヒールの音が、階段の方から鳴った。続いて聞こえてきた猫撫で声に、フィリアの全身の毛が逆立つ。

「ダメじゃない、レイラ。いくら人気のない場所でもそんな大声を出しては」

フィリアの背後で、雲に隠れていた月が姿を現す。その月光によって、階段から長いドレスを引きずって現れたエリアーデの姿が暗闇に浮かびあがった。彼女の後ろには、ヴィルヘイムの騎士団の団服を着た五人もの騎士が並んでいる。そして彼らの中心には、剣を向けられ、両手を上げたキリアンの姿があった。

「こんな風に、ネズミを呼びこんでしまうわ」

エリアーデは歌うように言う。フィリアは置いてきたはずのキリアンがヴィルヘイムの騎士たちに囲まれていることに驚倒して声を上げた。

「キリアン様⁉　どうして……」

「約束を破ってすみません、フィリア様。どうしても心配で……でも後をつけて正解でした。妹君に、陛下と離婚するよう迫られていたんですね。僕が助けるので、安心してください」

「貴方……確かお姉様の護衛の……。自分が囲まれているくせに、何言ってるの？」

レイラは尚もフィリアの胸倉を掴んだまま呟いた。気の強そうな顔に、酷薄な笑みを浮かべる。

「でも丁度よかった。貴方からもカイゼル様に口添えしてちょうだい。さっさとこんな無能なお姉様を捨てて私と結婚するように。そしたら貴方は私の護衛にしてあげる。どう？　光栄でしょう？」

暗がりの中、キリアンはニッコリ笑う。それからエメラルドの目を冷たく細めて言った。

「アンタがアレンディアの皇妃になるなんて、想像するだけで虫唾《むしず》が走ります。僕が仕えたいのはカイゼル陛下、そしてお守りしたいのはあの方の妻であるフィリア様だけだ」

「――――貴様！　レイラ様になんて無礼な！」

キリアンに剣先を向けていた騎士の一人が唸る。レイラはこめかみを引きつらせて言った。

「ああ、そう。じゃあ、貴方もいらないわ。ヴィルヘイムの第二王女である私を侮辱した罪よ！　私が許可するから始末して！　早く！」

騎士たちをけしかけ、レイラは叫ぶ。一斉に飛びかかった騎士たちによってキリアンが見えなくなり、フィリアは悲鳴を上げた。

「キリアン様！」

「大丈夫ですって、僕こう見えても魔法特務隊の師団長ですよ？」

騎士たちに輪になって襲われたキリアンの姿は相変わらず見えない。けれど輪の中心から余裕そうな声が上がった瞬間、竜巻のような風が吹き、騎士たちを壁に叩きつけた。

風の発生地点から、パンパンッと手で制服の汚れを払い、キリアンが姿を現す。彼は腕に龍のような風を纏っていた。

「言っておくけど、先にフィリア様に手を出したのはそっちですからね。責任取ってもらいますよ」

「キリアン様……！　よかった……！」

カイゼルの魔力が桁外れなので忘れていたが、彼も皇宮騎士団の長を任された実力者なのだ。その実力に圧倒されつつも、フィリアは安堵の息を吐きだす。

「嘘でしょう……？　うちの精鋭の騎士たちなのよ……⁉」

レイラは地面に転がる騎士たちを見下ろし、口を覆った。

「……っむかつく！　誰かあの男を倒しなさい！」

レイラががなり立てると、立ちあがった騎士の一人が手のひらに神聖力を集中させる。キリアンの魔力を削り取る気だ。破魔の力を込めて神聖力を放つと同時に、キリアンは強い魔力を込めた炎を手のひらから放つ。

神聖力の白い光と、荒々しい赤の炎がぶつかり合った。しかしそれも少しの間のことで、みるみるうちにキリアンの炎が押し、騎士の腕を包む。

「熱い……うわあああっ」

神聖力には魔力を削る能力があるが、物理的にキリアンの魔力量の方がそれを上回っているのだろう。押し負けて腕に火がついた騎士は、階段を転げ落ちていった。

「あ……っ。キリアン様……！」

「大丈夫ですよ。あれくらいじゃ死にやしませんから」

騎士の行方を視線で追ったフィリアを安心させるため、キリアンが言う。

「さあ、早くここから出ましょう、フィリア様。陛下に報告しなくては」

怒りで髪を波打たせたレイラは、「行かせるわけないでしょ」と低い声で呟く。

「もういいわ。私に対する侮辱罪と、ヴィルヘイムの騎士に乱暴を働いた罪で私が直々に手を下してあげる」

先に手を出してきたのはそっちなのに、レイラは自分のことを棚に上げて言う。

手を前に突きだして構えた彼女に、警戒するキリアン。しかし、暗闇からそっと手招くように不気味な声がそれを制した。

「貴女が手を出すには及ばないわ。私の可愛い子」

いつの間にキリアンの背後を取っていたのだろう。彼がレイラに気を取られているのをいいことに、エリアーデは後ろから覆いかぶさるように抱きついた。そして、キリアンの腹に短刀を突き立てる。そばで倒れていた騎士が腰に下げていたものだ。

フィリアは声にならない悲鳴を上げる。ポタポタッと、キリアンの鮮血が硬い地面に散った。

「どう？　さすがだけど、ヴィルヘイムで二番目に強い神聖力を持つ私には勝てないでしょう？」

エリアーデは神聖力を蛇のように短刀に纏わせ、キリアンの傷口に送りこむ。癒しているわけではない。これは――……。

(神聖力の破魔の能力で、キリアン様の魔力を削っている……!?)

「ああ、動かない方がいいわ。腹の傷に響くでしょう。でもこのままじゃ、全身の魔力がなくなってしまうわね?」

キリアンは力を振り絞って、エリアーデを突き飛ばす。しかし、血と汗で滑る手で短刀を抜いた彼は、その場で膝を突いた。

「ぐ……うあ……」

フィリアは血相を変えてレイラの手を振り払い、キリアンに駆け寄る。

「キリアン様、キリアン様……! 今傷を塞ぎますから……!」

フィリアは血が凍る思いで、キリアンの傷口に癒しの力を込めた神聖力を送りこむ。しかし傷は癒すことができても、彼の失われた魔力を取り戻すことはできない。

「フィリア様、僕のことはいいから、早く陛下の元に……」

「キリアン様? キリアン様!」

話している途中で、キリアンはその場で意識を失ってしまった。

(嘘、嘘……!)

息はある。大丈夫だ。死んではいない。けれど呼びかけても目を覚まさないキリアンに、フィリアは指先が冷たくなった。

(悪夢みたい……いやだ、ああ……っ)

「嘘でしょう？　あの無能なお姉様が神聖力を使えるなんて」

レイラは面食らった様子で呟く。それに、

「まぐれでしょう」

と、エリアーデは、つい今しがた人を刺したとは思えないほど落ちついた口調で返した。

「うちの騎士を五人も一度に片付けるほどの男を護衛につけるなんて、随分とこの国で大切に扱われているようね？　フィリア」

「王太后様……なんてことを……っ！」

キリアンへのむごい仕打ちに、フィリアは絶句する。しかしエリアーデはハエを見るような目でフィリアに言い放った。

「お前が悪いのよ？　フィリア。あの卑しい血を引いた娘のくせに、幸せを掴もうともがくから。だから周囲を傷つけることになるの」

レイラはニヤニヤと笑う。エリアーデは暗く濁った瞳をフィリアに向けた。

「私はね、フィリア。お前が離婚してヴィルヘイムに戻ることを望んではいないわ。けれど、ここでカイゼル陛下に愛され幸せになることも願っていないの。お前は不幸でなくてはならないのよ。だからレイラにカイゼル陛下を譲りなさい」

「そんなに、私のことが憎いのですか……？」

フィリアは絶望的な気持ちで呟く。

エリアーデの立場からいえば、レイラがカイゼルに嫁ぐことにもろ手を挙げて賛成はできないはずだ。神聖力の高い娘が、自国からいなくなるのだから。それでもフィリアが幸せになるより愛娘を憎い国にやる方がマシだと思っているなら、彼女の憎しみは相当なものだと感じた。

それまで優雅だったエリアーデは一転、そばに転がった短刀を踏みつけて気炎を上げる。

「当たり前じゃない。お前を見る度に、私は惨めな感情を思い起こすことになるのよ！　下賤《げせん》の血を引くお前の母と、そんな女を選んだ先王陛下を。憎いお前が幸せになる姿を見るなんて、耐えられるものですか！」

叫んだエリアーデは、息を切らして不敵に笑う。

「お前のせいで『計画』は狂ったけれど、まだ巻き返しのチャンスはあるわ」

「計画……？」

何のことだろうか。思い当たる節がなく困惑するフィリアに、エリアーデは愚かな子供に説くかのごとく囁いた。

「レイラをカイゼル陛下に嫁がせ、魔力過多という弱点を握りヴィルヘイムに有利な協定を結ばせるのよ。だからフィリア、お前はもう用済みなの」

「そんな……」

（王太后様の目的は、国際社会において、ヴィルヘイムがアレンディアより優位に立つこと……!?）

しかもそれを、魔力過多に侵されたカイゼルを人質に行う気なのだ。到底許せないと、フィリアは目の前が赤くなった。

（陛下にこのことをお伝えしなきゃ……！）

「そんなことさせません‼　陛下のお身体を、自分たちの利得のために利用するなんて！」

フィリアはキリアンを寝かせると、怒りと焦りに任せて叫ぶ。

「うるさいなぁ。お姉様。静かにしてよ」

レイラに髪を引っ張られ、頭皮が焼けるような痛みを覚える。もがけばもがくほどブチブチと髪が抜け、フィリアは鋭い痛みに呻いた。

「あ……っ⁉」

苦しむフィリアをゴミでも見るように睥睨し、レイラは尋ねる。

「お母様、お母様の計画って、実現が可能なの？　カイゼル様はこのボロ雑巾みたいな女が好きなのよ」

「あら、私の可愛い子。カイゼル陛下が貴女を選んでくれないなら、そうせざるを得ない状況を作ればいいのよ」

エリアーデは愛娘を不気味なほど優しく促す。母の意図を汲みとったレイラは、華やかな顔を醜悪に歪めて笑った。

「ああ、なるほど」

「離してっ‼」

フィリアは渾身の力を振り絞って、レイラの手を振り払う。無理をしたせいで、はがれるような皮膚の痛みに襲われ、その場でよろめいた。

(悶《もだ》えている暇なんてないわ。陛下に王太后様の計画を伝えて、キリアン様のために医師も呼ばなくちゃ……!)

しかし体勢を整えたところで、レイラが起きあがった騎士たちに指示を出す。

「そこのピンクブロンドの側近をこっちに連れてきて、ここから落としてちょうだい」

「……っ⁉」

レイラは騎士たちに、キリアンを塔の上から突き落とせと命じたのだ。にわかに信じられず、フィリアは愕然とする。

「何を言っているの、レイラ……。やだ、やめてください!」

(もう彼はボロボロなのよ!)

意識のないキリアンを、騎士たちがズルズルと引っ張っていく。まるで壁の手すりにシーツを干すかのように、キリアンの上半身が塔の外に放りだされる。フィリアは顔面蒼白になって、そのままずり落ちていきそうな彼を支えた。

「やめてください!　どうしてこんなことをするんですか⁉」

重みでどんどんとキリアンの身体が下がっていく。それを上から覆いかぶさって防ぐフィリアの左手から、レイラは薬指の指輪を引っこ抜いた。

「素直に従わないお姉様が悪いんだもの」

薄暗い中でも煌めきを放つ指輪を月にかざし、レイラはほくそ笑む。

「それ……っ、返して！　レイラ！」

「嫌よ。カイゼル様と結ばれるのは私なんだから、これはもういらないでしょ。パーティーで酔っぱらったお姉様が時計台に上り、指輪を落とした。それに慌てて身を乗りだしたところ、止めようとした護衛と一緒に地上へ真っ逆さまに落ちた。それでいいでしょ？　そうしたら、カイゼル様も愚かなお姉様への未練を断ち切って、私を選んでくださるわ」

「いい加減にして‼」

全身の血が沸騰しそうだと思った。無力な自分が呪わしい。

しかし無情にも、レイラはフィリアの懇願を切り捨て、時計台の上から指輪を投げ捨てる。

フィリアは奈落の底に落とされるような気持ちで、落下していく指輪を目で追った。

眼下の広い庭園に吸いこまれていく指輪から、目が離せない。するとその背を、強い力でドンッと押され、地面についていた足が浮いた。

「え……っ？」

先にズルリと滑り落ちていったのはキリアンだ。次いでフィリアの身が夏の夜空に投げだされ、藤色の長い髪が視界の端を泳ぐ。レイラに突き落とされたのだ。宙に投げだされたフィリアは、レイラの唇がこう紡ぐのを聞いた。

「死んじゃって？　お姉様」

地上に吸い寄せられるように、身体に負荷がかかった。フィリアの耳元で、風がビュウビュウ激しい音を立てる。

嫌だ。こんなところで終わるのは嫌だ。

「嫌……」

キリアンを守ることもできず、カイゼルを傷つけたまま終わるのは嫌だ。まだ彼に、好きだと自分の想いを告げられていないのに。

「嫌よ……死にたくない。だってまだ……」

（死にたくない……）

生きたい理由がある。カイゼルに伝えたい想いがあるのに！

（だから死ねない……‼）

フィリアは硬く目を瞑る。すると、辺りが真っ白に染まるほどの眩い光に包まれた。瞼の裏が明るくなったので再び目を開けると、地面から木が早送りで伸びたかのごとく、メキメキとダイヤモンドのように輝く枝が育っていくのが見える。それは先に地面に落下した指輪から出現していた。

（これ……！）

金剛石のような木の枝には見覚えがある。療養所で、カイゼルが生みだしていたものと一緒だ。

『風の精霊よ、かの者たちを包みこめ！』

耳に心地よい低音が下から響き、グッと足を踏みこむ音がする。フィリアが落下しながら上体を巡らせると、成長する木に飛び乗ったカイゼルが、こちらに手を広げていた。

「陛下……っ⁉」

長く感じられたが、一連が一瞬の出来事だったのだろう。

身体に風が纏わりつき、落下の速度が落ちる。風船をつけられたみたいにフワフワと浮いた身体は、成長した大樹の幹に立つカイゼルに受けとめられた。

フィリアと同じように落下速度の落ちたキリアンも、木の幹に受けとめられる。

「無事か⁉　遅くなってすまない」

「…………っ」

「フィリア？」

「……どうして、こちらに……」

いまだ落下のショックから抜け出せないフィリアは、喘ぎ喘ぎ尋ねる。足の力が入らない。けれど彼の温もりを感じ、生きているのだとかろうじて実感できた。

「君の姿が見えなくなって探していたら、渡した指輪の魔力が放出される気配がしたんでな」

そういえばカイゼルがくれた指輪には、彼の魔力が籠った魔石がついている。フィリアの危機に反応し、魔法が発動したのだろう。

「ありがとう、ございます……」

(助けに来てくださった……。私、陛下を傷つけたのに……)

フィリアはぐしゃりと顔を歪めた。

いつもだ。いつもカイゼルは、助けてほしい時に必ず応えてくれる。それがどれだけ嬉しいか。

「ごめんなさい、私……私のせいで、キリアン様にまで怪我をさせて……」

「フィリア」

「ごめんなさい……っ」

「謝らなくていい。君が無事でよかった」

心から搾りだしたような声だった。

「時計台から落ちていく君を見て、心臓が凍るかと思ったんだ」

フィリアを横向きに抱いたまま、カイゼルは額をすり合わせる。至近距離で呟かれた言葉に、フィリアは奥歯が震えた。彼の首筋に滲んだ汗から必死に探してくれたことが伝わり、泣きだしたくなる。

「キリアン、よくフィリアを一人にしなかった。お前も無事だろうな?」

離れた幹にもたれかかって目を瞑っているキリアンに、カイゼルが呼びかける。落下の衝撃で目を覚ましたのだろう。キリアンは短く呻きながら、手を上げて応えた。

「へーき、です……。フィリア様、腹の傷を治してくださって感謝です、マジで……」

すぐに寝息が聞こえてきたが、フィリアはキリアンが一度目を覚ましたことに瞳を潤ませる。

(よかった……！　キリアン様……！)

「────さて」

カイゼルの冷え冷えとした声が、月夜に響く。いつの間にか時計台と並び立つほどの高さまで伸びた大樹は、月光に照らされて冷たい輝きを放っている。その幹に佇む彼は、静かな怒りを迸らせていた。

「これはどういうことだ？」

顔を上げたカイゼルは、研ぎ澄まされた刀よりも鋭い眼差しで時計台のレイラを睨み据える。

紫水晶のような瞳は瞳孔が開いていた。

「俺の大切な人を突き落とした釈明をしてもらおうか？」

彼の怒気に当てられたレイラは竦みあがる。エリアーデはごっそりと表情をそぎ落とした能面のような顔をしていた。

「そ、れは……お姉様が悪いんです！　神聖力が低いくせに、身の程を弁えないから！　ねぇカイゼル様、私を選んでください！　お姉様より私の方が……」

「フィリアより性格も悪ければ、神聖力も劣っている君を、俺が選ぶと思うか？」

「────は……？」

レイラは心底分からないといった様子で呟く。フィリアも訳が分からないでいると、カイゼルは淡々と呟いた。

「この数日俺が君と一緒にいたのは、君の神聖力が本当に高いのか見極めるためだ。決して惹かれていたからじゃない」

「は？　見極めるって何故……何言ってるのよ。私の神聖力は、高いに決まって……」

「ならこの攻撃も受けきれるな？」

カイゼルはフィリアをそっと太い幹に下ろすと、瞬時にいくつもの火の玉を生みだす。それを矢のように発射すれば、レイラに届く直前で神聖力という光のシールドに弾かれた。しかし間髪を入れず、レイラのピアスが圧力に耐えかねたように弾ける。

「きゃ……っ」

レイラは粉々になったピアスのついていた耳を押さえる。カイゼルは特に驚いた様子もなく問うた。

「君は何時《いつ》からそのピアスをしているんだ？」

「何時って……」

レイラは床に散らばったピアスの残骸とカイゼルを見比べて、慄《おのの》いたように呟く。

「これは子供の頃、タリズ神殿で鑑定結果を聞いた後、お母様からお祝いに……」

「それはおそらく、ただのピアスじゃない。君の母親が自分の神聖力を込めたものだろう」

（それって、陛下が私にくださった指輪と同じようなもの……？）

指輪にカイゼルの魔力が籠っているように、レイラのピアスにはエリアーデの神聖力が込められていると彼は言うのだ。その証拠に、ピアスに込められた神聖力が発動してカイゼルの攻撃からレイラの身は守られたが、多大な魔力に耐えきれず砕けた。

（けれど、レイラは王太后様より神聖力が強いはずなのに、どうしてピアスを贈る必要が……？）

フィリアが疑問に思っていると、その答えはカイゼルから得られた。

「レイラ・ヴィルヘイムの低い神聖力を補うために」

一陣の強い風が吹く。それでも、カイゼルの凛とした声はよく聞こえた。

「ユーリ陛下の協力を得て、タリズ神殿での鑑定結果について調べた。神官長が吐いたぞ。先に鑑定結果を聞いた王太后に、フィリアと妹の鑑定書をすり替えるよう命じられたと」

「――――!?」

フィリアは両手で口を覆う。レイラはひどく混乱した様子で叫んだ。

「私とお姉様の鑑定結果が逆ですって……!?」

「ああ、この国でのフィリアの活躍を見ていると、神聖力が低いとはとても思えなくてな。もしかして鑑定結果に誤りがあったのではないかと、ユーリ陛下に調査の協力を仰いだんだ」

「陛下が、お兄様に……？」

フィリアは自分の手のひらを見つめる。ずっと、神聖力が低いと思いこんできた。でも、違った？　分からない。でももし、そうなら……。

（私の神聖力でも、陛下が救える……⁉）

雲間から太陽が覗いたみたいな気分に、心が震える。しかし、レイラの怒声がそれを邪魔した。

「信じられるわけないでしょ！　そんなこと！　私がお姉様に劣るわけないじゃない！　私の神聖力が、お母様の力を借りたものだったなんて、そんなこと……！　無能なのはお姉様の方よ！」

そこまで言ったところで、騎士の一人が「でも、そういえばフィリア様はピンク髪の騎士の傷を癒せてたよな……？」と、仲間の騎士に呟いた。

レイラは歯噛みしてカイゼルを挑発する。

「いいわ、じゃあもう一回攻撃してみてよ！　カイゼル様、早く！」

「後悔するぞ」

「しないわ！　さあ早く！　貴方の攻撃を弾き返せば私の力を信じてくださるんでしょ⁉」

カイゼルは無言で手のひらを開く。氷柱のような魔石を生みだした彼は、それをレイラに向かって放つ。しかし彼女に届く前に、エリアーデが一歩前に出て迎え撃った。

「下がりなさい、レイラ！　……貴女の神聖力では、怪我では済まないわ」

エリアーデが神聖力で結界を張り応戦するも、カイゼルの魔力の方が強い。結界を通過した魔石は、いくつも時計台の壁に突き刺さった。

刺さった位置からして、初めからレイラに当てる気はなかったのだろう。

しかし今は誰も、それについて気にしない。皆の意識は、エリアーデがレイラを庇ったことに持っていかれていた。その事実が指し示すことは……。

「お母様⁉　何故私を庇って……まさか本当なの……⁉　本当に、私の神聖力はお姉様に劣るの？」

否定しないエリアーデに、レイラは悲鳴じみた声を上げる。カイゼルは冷静に言った。

「ヴィルヘイムの先王亡き後、何故王太后が虐げていたフィリアを王宮に残していたのか疑問だったが……市井に放りだして、神聖力が高いと周囲に気付かせないためだな？」

「────ええ、そうよ」

エリアーデは溜息をついてから、悪びれもせずに言った。

「アレンディアに未婚の王妹を求められた時、すぐに神聖力の高い者を手に入れるのが目的だと気付いたわ。領地を侵略されても和睦を選ぶほど神聖力を欲しがる理由は、きっと稀代の魔力持ちである皇帝が、魔力過多に侵されているからだろうこともね。アレンディアの皇帝は冷酷無情だと聞いていた。だから愚かで大人しく、自分の神聖力が低いと思いこんでいるフィリアを気に入るはずがない。そうなれば浄化が進まず、いずれカイゼル陛下は命を落とす……。弱体化したアレンディアの隙を突いて戦争を起こし、領土を手に入れる気だったのに……誤算だったわね」

冷酷無情というカイゼルの評判は、あくまでヴィルヘイム側が抱いていた印象だ。実際の彼は愛情深く、異国から嫁いだフィリアに対しても親切だった。

「嘘よ！　私の神聖力が、お姉様に劣るなんて……！」

レイラは艶やかな金髪を掻きむしる。絶叫が響く中、フィリアは震える足でカイゼルに歩み寄った。

「では……陛下、私は本当に神聖力が高いのですか？　レイラより？」

「ああ、だから君はもう、魔力が低いと虐げられたりしなくていい」

「よかった……！」

「フィリア、本当に今までよく耐え――」

「私の神聖力が高いなら、きっと陛下の結晶化も食い止められますよね……？」

フィリアの力の強さは、精神状態で左右する。だから、神聖力が強いと知った今なら、カイゼルを魔力過多から救えると自信を持てた。活路が見出せたことに、フィリアは泣いて喜ぶ。

そんな彼女の様子に、カイゼルは眩しそうに目を細めた。

「君って子は……真っ先に考えるのが、俺のことなのか」

カイゼルは愛おしそうにフィリアの涙を拭う。

「もっと、今までの境遇に対して怒ったり、見下してきた妹に言いたい言葉もあるだろ……。ああでも、君はそんな子だったな」

不当な扱いを受けてきた恨みよりも、カイゼルを救える安心感の方がずっと大きい。フィリアは眉を下げて、泣きながら笑った。

「それにしても、お兄様が陛下に協力してくださるなんて……お二人でパーティーの初日にお話ししていたのは、そのことについてだったのですか……？」

フィリアはユーリと話をするために去ったカイゼルを思い出して尋ねる。

（あれ？　でも、お兄様の方から陛下に話しかけていたような……）

「僕の要件は別だ」

答えをくれたのは、カイゼルでなくユーリだった。

時計台の階段を急いで登ってきたのだろう。エリアーデの後ろから姿を現した彼は、息が乱れている。冴えないとはいえ主君の登場に、エリアーデに仕えていた騎士たちはおどおどと道を開けた。

いつもは猫背気味のユーリだが、今はエリアーデを真正面から見据えている。よく知る異母兄とは違う面持ちに虚を衝かれながら、フィリアは彼の発言を見守った。

「僕はカイゼル陛下に、アレンディアに生息する『毒殺に向いた魔法植物の存在』と、その流通経路を調べてもらうために接触を図った。その見返りが、フィリアの鑑定結果の真偽について調査を協力することだったんだ」

「魔法植物、ですか……？」

確かにアレンディアには、月光花やヒストリアル、ローレイなど数多くの魔法植物が生息している。その中には毒性の強いものもあると以前カイゼルから聞いたことがあったが、どうして異母兄が魔法植物について知りたがるのか分からず、フィリアは眉間にしわを寄せる。

息を整えたユーリは、汗ばんだ拳を握って言った。

「フィリア、僕は長年、父上は母上に殺されたのではないかと疑ってきた」

フィリアは目をむく。ユーリは張りつめた表情で言った。

「実は父上が亡くなる数日前に、母上に恨まれて殺されるかもしれないと僕にぼやいていたんだ。それが長年引っかかっていて……だけど僕が表立って動くと、母上に気取られる可能性が高い。だから、友好パーティーを理由にアレンディアへ赴き、カイゼル陛下の協力を仰いだんだ」

「は……？」

フィリアとレイラの声が重なる。これには茫然自失状態だったレイラも、何事かとユーリの言葉に耳を傾けた。頬に涙の筋を伝わせて、レイラは言い捨てる。

「何言ってるのよ、お兄様。お父様は確か心不全で亡くなったのよ」

「アレンディアに生息する魔法植物の中には、食べ物に混ぜて摂取することで似たような症状を引き起こすものがある」

カイゼルが言った。

「そういった危険な植物の取引を行う際、我が国では必ず記録を残している。それによれば」

「母上に仕えている侍女頭が、その植物を買っていました」

カイゼルの言葉を引き継ぎ、ユーリが言った。エリアーデは紅の引かれた唇を歪めて笑う。

「その侍女頭を尋問した？　私が先王陛下を殺したと答えたのかしら」

ユーリは返事の代わりに、強張った表情で頷く。エリアーデはフンと鼻を鳴らして笑った。

「やれやれ、今日はついてないことばかりだわ。まさか実の息子に罪を暴かれるなんてね。先王陛下に似て冴えない貴方を可愛がらなかった腹いせかしら」

「違います。僕は真実が知りたくて……！」

ユーリは拳を握って言った。

「お母様……まさか本当に⁉」

レイラはへなへなと腰が抜けた様子で呟く。フィリアも、膝から崩れ落ちそうな心情だった。

（そんな――――まさか？）

エリアーデが冷酷な性格であることは身をもって知っていたけれど、まさか殺人を犯すはずがない。そう思っていたが、彼女の答えはフィリアの期待を裏切るものだった。

「そうよ。あの方を殺したのは私」

「どうしてそんなことを……」

フィリアはうわ言のように呟く。しかしエリアーデは、火山が噴火したように突如気炎を上げた。

「どうして……？　許せなかったからよ！　由緒正しい公爵家出身の私という正妃がいながら、冴えない男のくせに身分の卑しい使用人に懸想《けそう》したことも、その女を身ごもらせたことも、事故に見せかけてフィリアの母を殺したことを見破り、糾弾してきたことも！」

「王太后様が、お母様を殺した……!?」

また新たな事実を突きつけられ、フィリアはどっと心臓に負担を強いられる。目の前がグラリと揺れて倒れそうになるのを、カイゼルに支えられた。

（どういうこと？　頭がパンクしそう）

並べたてられる事実は受け入れがたいものばかりで、フィリアを混乱の渦に巻きこむ。

「二人を殺して、少しは溜飲が下がった。けれど、今度はフィリアの神聖力が高いと判明した。私はまだあの二人に苦しめられている気持ちになった。私の実の娘は無能なのに」

「お母様……」

レイラが打ちひしがれる。エリアーデは血走った目で、呪詛《じゅそ》を吐きだすように続けた。

「だから神官長を脅し、鑑定結果をすり替えさせた。そしてフィリアの次に強い私の神聖力を封じこめたピアスをつけさせることでレイラに自分の神聖力が強いと信じこませ、逆にフィリアは無能なのだと刷りこんだ。そこまでは上手くいったわ。けれど、欲を出してアレンディアの魔石まで手に入れようとしたのが仇《あだ》になったわね」

エリアーデは鼻で笑った。

「まさか和睦を条件に王の妹を求めるとは……何より、アレンディアの皇帝があの卑しい女の娘を愛するとは思わなかった」

王太后の鬼気迫る雰囲気に、レイラも騎士たちも何も言えないようだった。

エリアーデはフィリアを見下ろし、不遜に嘲笑う。

「親子揃って国主を篭絡《ろうらく》させるとは、とんだ魔性の血ね。娘のお前まで、あの女みたいに男に取り入るのが上手いなんて」

「フィリアは魔性じゃない」

間髪入れずに、カイゼルがバシリと叩きつけるように否定した。

「俺が彼女を愛しているのは、フィリアの心根が純真で優しいからだ。愛されるに値する人柄だからだ。それを穿《うが》った見方で否定するな」

いくつもの新事実を突きつけられた脳が、回線障害を起こしたみたいに混乱している。遠い昔に亡くなった両親に仇がいたという事実は、特にフィリアをパニックに陥れた。しかもそれが、長年虐げられてきた相手だなんて。

これまでの人生を台無しにされた。負わなくていい痛みをぶつけられてきた。はくはくと酸素を求める唇から漏れるのは、冤罪《えんざい》を押しつけられたかのような憤りと、大切な人を奪われた怒りだ。

けれど、今この時、震えた拳を振りあげずに堪えられているのは――……。罵倒されたフィリアを、カイゼルが真っ先に守り、反論してくれたからだった。

「貴女を、許しません」

フィリアは真っ赤に充血した目で、エリアーデを射貫いた。

「誰かをこんなにも憎いと思うことは、後にも先にもないでしょう。ですが、私はその衝動に任せて貴女に手を上げたりしない。貴女とは違う」

エリアーデが眦を吊りあげる。それでも負けじと、フィリアは糾弾した。

「貴女はやってはならないことをしました。だから、法に正しく裁かれてください」

「母上を拘束しろ。レイラも連れていけ。まさか王の言うことが聞けないわけじゃあるまいな？」

ユーリは背筋を伸ばして騎士たちに命じる。フィリアは今日ほど異母兄が王のように見えたのは初めてのことだった。

「嘘よ……悪夢の中にいるのよね？　だって……私の神聖力が低いなんて、お母様がお父様を殺《あや》めていただなんて……」

レイラは悪夢にうなされたように泣き喚き、目を腫らしていた。当惑した彼女は、ユーリに助けを求める。

「お兄様！　何とかしてよ！」

「君の妹は、実の姉を時計台から突き落とした。その責を必ず負わせてくれ」

カイゼルが慈悲の欠片もない声で言う。ユーリはしっかりと頷いた。

「そんな！　カイゼル様‼」

悲嘆にくれたレイラの絶叫が、辺りに響き渡る。フィリアには、異母妹がこんなにも小さく見えるのも初めてだった。レイラは華奢だったが、いつも歯向かえない壁のように映ってたから、今ようやく、後ろ盾を失いただの第二王女に戻った彼女が見られた。

（私がずっと怖がっていたレイラは……こんなに小さかったのね……）

連行されていくエリアーデたちを見送っていたユーリが、おもむろに振り返る。判明した沢山の事実と向き合うことに必死なフィリアへ、ユーリは頭を下げた。

「……今まですまなかった」

「お兄様……⁉」

「お前のことを、僕は一度も助けたことがなかった。ずっと、お前の浮かべる笑顔が無理に取り繕ったものだと感じていたのに、そうじゃないと思いこもうとしていた。自分を守るために」

とつとつと零すように語るユーリの言葉に、フィリアは静かに耳を傾ける。まさか謝られるとは思いもしなかった。

「僕だって、お前の兄だ。虐げられるお前を見て、心が痛まなかったわけじゃない。でも、母上に歯向かう勇気がなかった。本当にすまない……！」

フィリアは頭を下げたユーリと、隣に立つカイゼルを交互に見上げる。夫から「好きにするといい」と促されると、フィリアは両手を胸の前で組んで語りだす。

「……顔を上げてください、お兄様。お兄様には、ちゃんと勇気があります。だからこそ、カイゼル陛下に協力を仰ぎ、王太后様の罪をつまびらかになさったのでしょう？」

実の母の罪を暴くのは、とても勇気がいったはずだ。気が弱いとばかり思っていた異母兄は、しっかりと肝が据わっていた。

「……母上がアレンディアの鉱山を侵略した時に、この人は武力で世界を掌握しようとしているのだと痛感した。このまま僕が操り人形のままでいては、ヴィルヘイムはダメになると。だけど、これからは、カイゼル陛下と協力してお前もヴィルヘイムの民も守る。僕は、ヴィルヘイムの王なんだから」

ユーリの発言には、嘘偽りのない響きがあった。フィリアはしっかりと、異母兄の為政者な一面を感じ取る。

「信じてほしい」そう言い残し、ユーリは後始末のために時計台を後にした。その後、フィリアはカイゼルと共に、駆けつけたアレンディアの騎士たちに眠っているキリアンをすぐさま引き渡す。

「刺し傷は癒せたんですが、破魔を司る神聖力ではキリアン様の削られた魔力は戻せなくて……」

「心配ない。時間はかかるだろうが、魔力はよく休めば自然に回復する。キリアンが今眠っているのも、身体が魔力を精製しようとしているからだ」

だから命に別状はないというカイゼルの見立てを聞いて、フィリアは心の底からホッとした。


二人きりになったフィリアとカイゼルは、互いに無言のまま庭園の噴水の前まで戻る。蛍のように飛びかう優しい光の正体は妖精たちだ。彼らの放つ光に照らされた噴水の水は、キラキラと七色に煌めいて美しい。

手を引いたカイゼルによって、フィリアは噴水の縁に座らされる。されるがままのフィリアは、いまだ心が踏み荒らされたみたいに乱れていた。あまりにも沢山のことを、一気に知らされ過ぎたせいだろう。

満月のような瞳を揺らしていると、カイゼルがおもむろに口を開いた。

「声を上げて泣いてもいいぞ」

「なん……で……」

反射的に、長年の習慣で染みついた愛想笑いが口元に浮かぶ。しかしカイゼルの手が伸び、彼の親指がフィリアの唇をなぞった。

「無理して笑わなくていいって、言ったろ？　今は好きなだけ泣くといい」

触れられた唇が震える。無理に笑おうとしたフィリアの顔が、奇妙に歪んだ。

（――ああ、どうしてこの方は……）

「……っ私、陛下のことを傷つけました。だから陛下の胸で泣く資格なんて、ありませんのに」

「資格なんて」

カイゼルは喉で笑いを転がし、フィリアを抱き寄せる。

「資格なら、いくらだってやる。だからちゃんと、俺の腕の中で泣いてくれ」

「……っ」

カイゼルの優しい言葉を受けて、フィリアは堰《せき》を切ったみたいに泣きだす。涙が服を濡らしても、彼は小言一つ言わずに頭を撫でてくれた。

慈しむような手つきに促されて、フィリアはしゃくりあげながら謝る。

「ごめんなさい……陛下、傷つけてごめんなさい……！　好きじゃないなんて、嘘です」

「ああ」

「私、陛下に告白していただいて嬉しかったのに……神聖力が低い私じゃダメだと思って、それで……っ」

理由が何であれ、カイゼルを傷つけたことには変わりない。

傷ついた彼の表情を思い出すと後悔で息が詰まるのに、当の本人は。

「もういい。俺の身体を心配して、ついてくれた嘘だったんだろ？」

と許してくれた。

その懐の深さに、また涙してしまう。

「はい……。ですがもう、逃げません」

魔力量が多い限り、魔力過多に完全な治癒はない。これからも心身が疲弊する度に、症状が現れるだろう。けれど、それを完璧に抑える力が自分にあることを今のフィリアは知っている。

（だから）

「陛下、手を出していただけませんか」

フィリアは目元を手の甲で擦ると、カイゼルに願いでた。

これまで、フィリアはカイゼルの症状をマシにはできても、完全に抑えこめたことはない。いつも指や爪に、結晶化が残っていた。

その手首をそっと両手で覆い、フィリアは祈りを込めて神聖力を送りこむ。事実を知って自信を得たせいか、血液のように全身を巡る神聖力が、湧きたつのを感じる。あまりにも強い力は、辺り一面を白夜のように明るく染めた。

（……ああ……。よかった、私でも、陛下を守れるんだ）

「……っ結晶化が……完全に消えた……」

カイゼルは肌色を取り戻した手を月にかざし、感嘆したように言った。健康的な爪が、月明かりを浴びて艶々と光っている。

そんな彼に、フィリアは懸命に訴えた。

「この先も、陛下が魔力過多を起こす度に、私が治します」

「フィリア……？」

「私……本当は、陛下のそばにいたいんです。そしてずっと陛下のことを、幸せにしたいです。勝手を言ってるのは分かっています。ですが、私と……」

言葉がつっかえる。けれど、言わなくちゃ、と強い衝動に突き動かされた。

「私と一生を、添い遂げてくださいませんか？」

――ああ、やっと言えた。

出会った時からずっと、離婚しなくてはいけないと思い続けてきたから、とても自分がカイゼルを幸せにしたいとは口に出せなかった。けれど、ようやくだ。

「……もう幸せだ。君がそばにいてくれるから」

カイゼルから花が咲くような笑みを向けられ、フィリアは満ち足りた気持ちになる。この先何十年も、心臓が止まるその時まで、彼の隣にいよう。

愛し愛されて、幸せな時を過ごそう。フィリアはそう誓った。

第六章　その愛は永遠を紡ぐ

時計台での出来事は、世界的なニュースにこそならなかったものの、波紋が広がるように両国民の知るところとなった。

エリアーデはユーリにより王太后としての権限を剥奪され、先王殺害の咎《とが》で投獄された。フィリアを手にかけようとしたレイラも、ヴィルヘイムの離宮で幽閉されている。神聖力が低いと判明した彼女は、これまでの横柄な態度により今や嫌われ者だと異母兄からの手紙には書いてあった。

正直、胸がすく思いはない。エリアーデとレイラに対する苦い感情は、この先もずっと抱えて生きていくことになるだろう。両親の死の真相も、フィリアの心を苦しめ続けている。

けれど今は……。

「フィリア」

出会った時は氷のように冷厳だったことを忘れてしまいそうなほど、穏やかな声でカイゼルに名を呼ばれる。思案の海から引きあげられたフィリアは、異母兄の手紙から顔を上げ、声のした方に視線をやった。冬の鈍い陽光に照らされて、眼鏡の縁がキラリと光る。

「ここにいたのか」

「はい。キリアン様がついてくださっていました」

うっすらと積もった雪を踏みしめて歩いてくるカイゼルに、フィリアは鼻の頭を赤くしながら答えた。ここは皇都の噴水広場だ。季節は冬。しんしんと粉雪が舞い、街全体が粉雪を振りかけられたような今は、噴水が凍らないよう水を止められている。

「そうそ。僕がフィリア様をバッチリ護衛していたから、心配しないでくださいよ」

以前よりも襟足の伸びたキリアンが言う。友好パーティーから半年、すっかり魔力が回復した彼は、フィリアの護衛だけでなく師団長の任に戻っていた。普段は騎士団の仕事をしつつ、今日のようにカイゼルとフィリアが公務で皇宮の外に出る時は護衛の任についている。

「陛下はもうよろしいのですか？」

フィリアが尋ねると、カイゼルは頷いた。

「ああ。街の人々の話も十分聞けたからな。君は？　手紙は読めたか？」

「はい。ありがとうございます」

この数カ月、両親の死の真相はフィリアの心に暗い影を落としていたが、塞ぎこみそうになる度にカイゼルが公務と称して外に連れ出してくれている。今日もアレンディアが本格的な冬を迎える前に皇都の河川や橋梁《きょうりょう》、道路の様子を視察に行くという彼に誘われ、フィリアは同行していた。

各地を見回ったところで噴水広場にて休憩となり、フィリアはカイゼルに渡されたユーリからの手紙を読んでいたのだ。

雪によってレンズの濡れたフィリアの眼鏡をそっと外し、カイゼルは半ば嘆くように呟く。

「ユーリ陛下に視力を治してもらえばよかったのに」

友好パーティーの後にユーリから「今までの罪滅ぼしも兼ねて何かできることはないか」と問われたフィリアだったが、視力の改善をねだることはなかった。代わりにお願いしたのは、ヴィルヘイムとアレンディアの友好関係がいつまでも続くよう尽力してほしいということだ。

その願いは異母兄にとっても同じようで、あれからカイゼルとユーリは互いの国の交換留学制度などを整えたり、国民に意識の改革を訴えかけてくれている。両国が尊重しあえば、徐々にではあっても、人々の感情も雪解けを迎え親愛を芽吹かせることだろう。

それは今のフィリアにとって一番の願いだ。

「私には陛下がくださった眼鏡がありますので、視力が低くとも困りません」

フィリアはカイゼルから受け取った眼鏡を、ケースに大切に仕舞って微笑む。彼は腑に落ちないと言わんばかりに口を開いた。

「だが、不便には変わりないだろう。本を読む度に眼鏡をかけるよりも――」

「いいえ」

フィリアは首を横に振り、きっぱりと言った。

「視力が改善して遠くの素敵な景色が見えることは、きっとありがたいですが……私はそれよりも、陛下がその場所に連れていってくださることの方が嬉しいのです」

「フィリア」

「貴方に出会って、灰色だった私の視界は一変しました。陛下のお陰で、毎日世界がキラキラ輝いて見えて……きゃっ？」

「どこにでも連れてってやる」

フィリアの腰に手を当てたカイゼルは、彼女を抱きあげ力強い声で言った。

視界が高くなったフィリアの金色の瞳には、遠くで雪を被った白銀の山や、繊細な砂糖菓子のような街並みが映しだされる。

「君が望むなら、行きたい場所全部に」

「……ありがとうございます」

慈しむような微笑みを向けられたフィリアは、こみあげる喜びに奥歯を震わせてカイゼルを抱きしめる。薄く雪の積もった広場で、抱きあげられたままクルリと回された。

深緑の温かい外套から覗く柔らかなドレスが踊るように揺れる様は、雪の中で芽吹いた花を思わせる。

フィリアはゆっくりと回る視界に、美しい皇都の橋や時計台、丘を収めた。幸せを噛みしめながら。

もちろん、両親を失った苦しみと真相は、この先もフィリアを苛《さいな》むだろう。けれど、もう昔のように一人じゃない。孤独に膝を抱えたのは過去のことだ。今の自分の隣には、苦しみに寄り添ってくれる夫のカイゼルがいる。

その事実が、肌を刺すような冷たい空気の中でも、フィリアの心を温かくさせた。

「おーい、僕たちが見てますよー」

キリアンがからかうように言う。彼の言う通り、広場にはフィリアたちから少し離れたところに民が集まり、こちらを微笑ましそうに眺めていた。

「あ、う……陛下、あの」

途端に恥ずかしさに襲われて下りようとするフィリアを抱きあげたまま、カイゼルは目元を和らげて笑う。

理知的でクールな印象の皇帝が春風のような笑みを浮かべたことに、人々は驚きの声を漏らした。

「見せつけているんだ」

そう言う彼の手からはもう黒手袋が外され、指はダイヤモンドのように輝いていない。

すっかり神聖力に対する自信を得たフィリアは、カイゼルに魔力過多の症状が出る度、浄化を行うことで彼の魔力の削減に成功していたからだ。

それにより、今まで散々嵌めていた反動か、はたまた臣下に結晶化してない手を見せて安心させるためか、彼は冬でも手袋をしなくなった。

「やれやれ。外は寒いのにお熱いことで」

キリアンは肩を竦めて言ったが、表情は極めて明るい。フィリアは照れながらも、身に余るほどの幸福に包まれていることに感謝した。離婚を言い渡した結婚初夜には、こんな幸せ、とてもじゃないが考えられなかった。

そしてふと、その喜びを唇に乗せて伝えたくなった。月を彷彿とさせる色の瞳を和らげて、フィリアはカイゼルを見つめる。

「陛下、私と結婚してくださってありがとうございます。今、とても幸せです」

「どうした。改まって」

「ふふ、何だか無性に伝えたくなってしまいました。幸せで満たされているから」

「……俺もだ、君に会えたことを幸せに思う」

カイゼルは表情を綻ばせて、フィリアの唇に自身の唇を寄せる。

周りから歓声と拍手が上がる中で唇を重ねるのは、恥ずかしさもある。けれどそれ以上に――思いの通じ合った口付けは淡雪に触れるかのように繊細で、輝かしいほどの幸福に満ちたものだった。

「この先も、君を愛し抜くと誓う。だから離婚はしてくれるなよ？」

互いの睫毛が触れあうような距離で、茶化すようにカイゼルが言う。その表情はとても柔らかくて、フィリアは破顔して頷いた。

「もちろんです。いつまでも共にいさせてください」

フィリアはカイゼルを見つめる。この先の未来に期待で胸を膨らませながら。

孤独に膝を抱えた少女はもういない。ここにいるのは、夫に惜しみなく愛されている、幸せな女性だった。

完

あとがき

この度は『捨てられ「無能」王女なのに冷酷皇帝が別れてくれません！～役立たずなので離婚を所望したはずが、気付けば溺愛が始まっていました～』をお手に取ってくださり、ありがとうございます。

フィリアとカイゼルの物語は楽しんでいただけましたでしょうか。今作のヒロインであるフィリアは過酷な環境にありながらも、前を向いて生きていこうとする優しい子です。そして周囲のためなら、自分が損をすることも厭わない性格の持ち主でもあります。

私は常々、世の中はフィリアのように周囲を気遣える方たちの親切心に救われて回っていると感じるのですが、そういった方々は自分が辛い思いをしても「痛い」とか「嫌だ」と声を上げることなくただ耐え忍んでいるイメージがありまして。

その姿をフィリアに投影し、ただただ優しくて損ばかりしている方が報われればいいのに、その献身に気付いて、大きな愛で包みこみ寄り添ってくれる存在がいればいいのに、という思いを込めて書きあげたのが今作です。

こっそりテーマを思い描いていても発表する場がなければ意味がありませんので、作品を書く機会をくださったスターツ出版様には本当に感謝しております。

『ベリーズファンタジースイート』が創刊されるにあたり、書き下ろしのお話をいただいた時はとても嬉しく、光栄な気持ちでいっぱいでした。ありがとうございます。

初めて一緒に仕事させていただくにあたり、『離婚から始まる恋愛』というネタを編集者様からご提案いただいた時は大変ワクワクいたしました。が、プロットから躓《つまず》いてしまい、自身の力不足に度々悩まされることになった今作……編集者様方が根気強く相談に乗ってくださり、改稿の間も温かいコメントで鼓舞してくださったからこそ、書きあげられた作品だと思っております。

また、さらちよみ先生という素晴らしいイラストレーター様に挿絵を担当していただけたことも、自分の作家人生で大きな喜びとなりました。素敵な方々に支えられ、こうして皆様のお手元に作品を届けられたこと、大変嬉しく思っております。

本当に、周囲を見渡せば編集者様方やイラストレーター様、家族や同僚、友人、そして私の本を読んでくださる方々の優しさに救われていると痛感いたします。

ですので皆様への感謝を忘れず、これからも作家として日々精進していきたいと思います。

ここまで読んでくださり、ありがとうございました。

十帖《じゅうじょう》

捨てられ「無能」王女なのに冷酷皇帝が別れてくれません！
～役立たずなので離婚を所望したはずが、気付けば溺愛が始まっていました～

2023年10月5日　初版第1刷発行

著　者　十帖

発行人　菊地修一

発行所　スターツ出版株式会社

〒104-0031　東京都中央区京橋1-3-1　八重洲口大栄ビル7F
☎出版マーケティンググループ　03-6202-0386
（ご注文等に関するお問い合わせ）

https://starts-pub.jp/

印刷所　大日本印刷株式会社

ISBN　978-4-8137-9271-0　C0093　Printed in Japan

[十帖先生へのファンレター宛先]
〒104-0031　東京都中央区京橋1-3-1　八重洲口大栄ビル7F
スターツ出版（株）　書籍編集部気付　十帖先生

ISBN：978-4-8137-0528-4　※価格、ISBNは1巻のものです